謀殺愛麗絲

アリス殺し

小林泰三

張富玲 譯

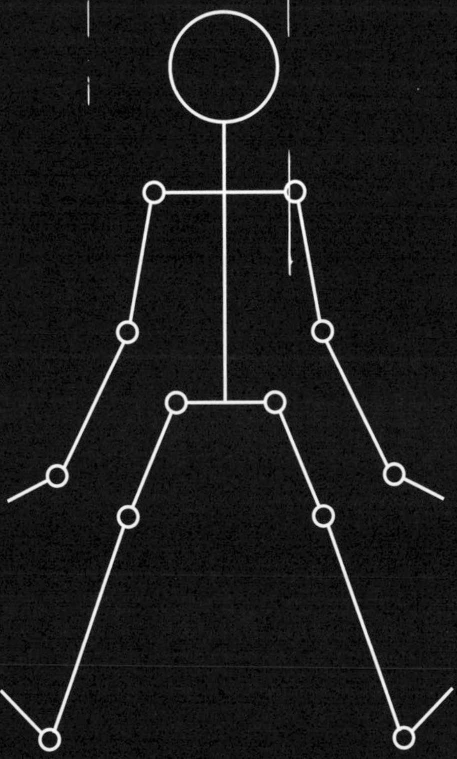

目錄

導讀

這世界不是眞的

盧郁佳（作家）

壞消息是，在這世界我們全都得被紅皇后殺頭。

好消息是，這世界不是眞的。

《謀殺愛麗絲》情節穿梭夢裡夢外兩個世界：《愛麗絲夢遊仙境》書中世界，是大學研究生栗栖川亞理（諧音愛麗絲）的夢境。夢中愛麗絲看見蛋頭人從牆頭摔落跌碎了；夢醒回到現實，亞理聽說另一研究室綽號「雞蛋」的博士生墜落摔死。這表示，書中世界的角色一旦被殺害，大學裡的對應人物，也會以類似方式橫死。兩個世界自此同步爆發一連串神祕死亡，每樁命案揭露某兩個角色互相對應。愛麗絲和亞理發現自己身涉重嫌，必須限時找出眞凶。

此書手法是本格中的本格，如阿嘉莎克莉絲蒂《黑麥奇案》等一系列呈現童謠意象的謀殺案；或橫溝正史《獄門島》等以一連串配合俳句造景的淒怖謀殺裝置藝術，塑造讀者認知「連環凶案是依詩句順序發生」、預期「下次凶案死法對應下一句詩」。這次《愛麗絲夢遊仙境》代替了童謠、俳句。

愛麗絲密碼，牛津大學的笑彈龍虎榜

先說兩書互文的妙趣。爲什麼會是《愛麗絲夢遊仙境》呢?原來它本身就是一套達文西密碼，挾百餘年解碼熱潮而來。《愛麗絲夢遊仙境》一八六五年出版，時值英國維多利亞時代中期，人們從瘟疫和夭折的滿頭辛酸塵埃中舉首，步入瘟疫絕跡的科技未來盛世。工業革命帶來人口高成長，隨地便溺吐痰的粗豪農民，發現自己變了工廠城市人，凡事要講文明，守秩序，髒話和外遇得踢到床底下。表面上假道學假正經，私底下百無禁忌，表與裡的雙重構造，就像《愛麗絲夢遊仙境》：表面是兒童故事，天眞無邪，評者卻從中讀出作者的戀童傾向、毛毛蟲吸水煙涉嫌抽鴉片，百獸原地兜圈的熱身賽跑是辛辣諷刺國會空轉。

《謀殺愛麗絲》會選大學爲背景，固然作者小林泰三就是工業碩士，任職三洋電機的研發部，熟悉理工研究室。《愛麗絲夢遊仙境》書裡書外也是大學環境，作者路易斯卡洛，是牛津大學的數學講師；主角的藍本是好友愛麗絲，她是基督學院院長的七歲女兒。張華譯註《愛麗絲漫遊奇境》說，書中的神奇井水，在牛津旁的村莊；紅皇后的槌球場，就在基督學院。

不待《謀殺愛麗絲》把《愛麗絲夢遊仙境》角色對應到大學師生，原作動物角色已影射一群大學中人。度度鳥（Dodo）是作者卡洛，現實中他常因口吃，把本名Dodge說成Dodoge。鴨子（Duck）是朋友Robinson Duckworth，鸚鵡（Lory）是愛麗絲的姊姊

Lorina，小鷹（Eaglet）是妹妹Edith。牠們泡在愛麗絲淚水池塘中溼透，是朋友們乘船被大雷雨澆透。

老是緊張看表的瘋帽匠，一說是英相迪斯雷利，或哲學家羅素。一九三〇年代研究說他是牛津家具店老闆，他發明了鬧鐘床，時間一到會把人從床上掀落地，非醒不可。因爲常戴高帽站在店門口，人稱瘋帽匠。後人說這也是虛構，本人實是雜貨商，愛麗絲常去他家玩，替他遛狗。

囉嗦的老鼠，原是愛麗絲的家庭教師。鰻魚老師教「慢吞吞」（Drawling）、伸展（Stretching）和圓狀昏倒（Fainting in Coils）；鰻魚實是愛麗絲的繪畫老師，又高又瘦細細長長的藝評家John Ruskin，教繪畫（drawing）、素描（sketching）、油畫（painting in oils）。這些描寫表面無厘頭耍笨，實是見大人而藐之，說破正經人正經事的可笑之處。

像背三民主義一樣，維多利亞時代學生必背說教詩，都被《愛麗絲夢遊仙境》玩諧音改編成歪歌。效果等於課本孔孟畫像上搞塗鴉、替老師校長取傳神綽號、政治漫畫醜化政客，到現在讀，好笑不減，想必當時也有些「校長在你後面，他非常火」的反應。

小林泰三卻筆鋒一轉，故事走上了紅王后動輒叫囂斬首的殘怖。

血腥恐怖，為什麼要寫，為什麼愛看？

小林泰三的血腥，雖然卡通化，卻帶有奇妙的實感，原來是在無數電影、小說在幻想軸線上反覆累積的眞實。

當我讀到《謀殺愛麗絲》時，正是隨機殺人事件震動全台之際，這閱讀框架使我相信此書有更深訊息。因此我想聚焦解釋小林泰三的這種血腥，從何處來，往何處去。

A書A片等色情材料是用來自慰的，那恐怖材料用來做什麼？小時怕黑怕鬼的我，到十幾歲時，讀遍了所能找到的所有史蒂芬金恐怖小說，擁抱昆汀塔倫提諾《惡夜追殺令》到《追殺比爾》喜劇化的血腥，《沉默之丘》如法蘭西斯培根畫作的恐怖畫面，現在許多青少年則著迷於《陰屍路》漫畫和影集。

恐怖對他們的意義究竟為何呢？無論在學校或家庭體制中，青少年所遭遇的忽略、霸凌、專制要求，種種社會暴力，對別人而言，是青少年理應接受，並且該自我要求、加諸自身的。若青少年有所不滿，周圍會認為那很奇怪，客氣點說，叫「想太多」；直接說，叫「不檢點，不自愛」。也就是說，青少年孤立無援。

既無法表達苦楚，甚至麻木，割腕自傷能向自己傳達痛苦。觀看恐怖，重溫了現實中不為人知的崩潰時刻，親近了內心無法親近的角落，找到了能呼應內心祕密的共鳴環境。恐怖和這些讀者的關係始自何處？始自我們承受那些祕密的暴力，需要恐怖來追訴、回憶、建立自我認同，獲得親密的陪伴。

那些屍體教我的事：我活得像屎

而它又會去到何處？在一本屍照集無碼照片上，公路車禍中，頭顱滾到一邊，是個俊美青年，睜著眼，還來不及痛，沒什麼表情。還未附加情緒或道德評斷，沒加爆炸框、濺血大字標題來控訴任何人。僅是道德故事竭力迴避的眞相：無常。

每日無數腐屍漂過恆河，修行者從觀看河畔燒屍參悟生死。悉達多苦行，到墓地和腐屍同睡；修行人在亂葬崗參禪，不是因爲墓地清靜。都爲注視屍體。

不帶恐懼地凝視屍體，足以動搖世俗秩序。因爲資本主義能對我們橫徵暴斂，逼人竭盡心力爭取成就，是靠著施加競爭壓力。但就算掙得富貴功名，仍難免一死，灰飛煙滅。所以逼視死亡能解除「人必須力爭上游」的幻象，取消急迫性，令升學主義、資本主義、物質主義低頭繳械，「應該」、「必須」無法再制約人類。

學測考差了，令人想死。但以生死觀點來看，考差和考好，是等值的，毫無影響。反而，令人爲了考差而想死的社會壓迫，才是囚禁生命的牢籠。

卡洛講笑話取笑文明，小林泰三則是重炮攻擊文明。《謀殺愛麗絲》外殼是推理的詭計，以角色血腥的成就競爭，回應了恐怖的來處。核心是揭露幕後的世界觀設定，回應了恐怖的去處。

原來當下必須一決生死的此時此地，並不是絕對和唯一的，而是相對和虛幻的。競爭不是事實，而是觀點，且是各種觀點當中特別偏執、腐蝕性的一種。

維多利亞時代的英國，承受工業化的壓力而百病叢生；而台灣還是在短短四、五十年內承受了英國四百年進展，幾乎崩解。現在，隨機殺人的個別暴力是看得見的，處死和囚禁個人就能安心；但導致隨機殺人的體制暴力則難以察覺，仍在醞釀同樣事件和其他看似無關的傷害。《謀殺愛麗絲》以個別暴力的表象，指向體制暴力的本質。表象的詭計固然精彩，核心的思想則更加深摯。

本文作者簡介

盧郁佳，一個信仰人類的人。道德、法律仲裁並沒解決苦難，只是決定誰該爲此付出代價。這種仲裁往往複製了舊有的階級分配，使得不少苦難是經由道德、法律所接生而來到世上。道德、法律固然不可缺席，但若拒絕去瞭解個別的人，結果往往使道德、法律成爲暴力。唯有前端的瞭解已經在場，每個大大小小的仲裁者，實現了與當事人相處、感受其中所能感受的一切情感，才能爲後端的道德、法律起死回生。唯有認同，能帶來公正。

謀殺愛麗絲

1

白兔從另一頭跑過來。

他掏出西裝背心裡的懷表，喃喃自語：「糟糕，我要遲到了！」

不曉得是這隻兔子的時間觀念特別鬆散，還是兔子這物種本身就欠缺守時的能力，他老是慌慌張張。

記得第一次相遇，他也是一副快遲到的樣子？

愛麗絲目瞪口呆地看著白兔。

這麼一提，第一次見到他是在何時？由於是很久以前，愛麗絲記不清楚。至於在那之前發生的事，印象益發模糊，她幾乎想不起來，只隱約覺得是一段更無趣卻平和自然的日子。

「讓開，瑪麗安，我要遲到了！用不著我提醒吧！」

愛麗絲剛要開口，後頭有人呼喚：

「嗳，我們來定一個暗號吧。」

回頭一看，站在她身後的是蜥蜴比爾。

「暗號？什麼暗號？」

「暗號，就是用來判斷對方是不是自己人的口令。」

「不是問你這個，我是在問，我們爲什麼需要暗號？」

比爾歪著腦袋思索片刻，回答：

「如果把敵人誤當成自己人，不是非常糟糕嗎？」

「哪來的敵人？」

「不知道。不過，我們曉得區分的方法，敵人一出現，馬上就能看出來。」

「我們曉得區分的方法嗎？」

「當然。」

「那你能教我怎麼區分嗎？」

「簡單，說出暗號，答出正確口令的是自己人，答不出的就是敵人。」

「嗯，我想也是。」

「對啊，這方法誰都能認同，再合理不過。」

「剛才那段話，你和認識的人全說過一遍？」

比爾搖頭。「怎麼可能，和所有人說，不就失去意義？我只告訴自己人。」

哎呀，比爾把我當成同伴嗎？

「要定什麼暗號？」比爾的瞳眸閃閃發亮。

愛麗絲默默覺得麻煩，「不定也沒關係吧。」

「為什麼？」

「那我反問你，我們為什麼必須決定暗號？」

「不決定暗號，不就判斷不出對方是敵人還是同伴？」

「那你把我當成敵人好了。」

比爾拚命搖頭，「不行，愛麗絲是同伴。」

「瞧，即使不說暗號，你不也知道我是自己人嗎？」

「不行，暗號用來區分同伴和敵人，絕對必要。」

爲什麼這裡的人（唔，雖然比爾不是人）個個如此難搞？有些是眞的搞不清狀況，有些明明清楚狀況卻故意惡搞。要是嫌麻煩，無視惡搞的人就行，但無視眞的沒搞清狀況的人，未免太不成熟。而問題往往出在，無法迅速判別對方到底屬於哪種類型。比爾應該是眞的搞不清狀況，只能耐心陪他周旋。

可是，定暗號實在麻煩。啊，我想到一個好藉口。

「下次見面再定暗號吧。」

「爲什麼？」

「因爲這孩子。」愛麗絲指指衣服口袋。

「妳以爲口袋會洩漏我們的暗號？他們大多是悶葫蘆，不用擔心。」

「關鍵在於口袋裡的東西。」愛麗絲稍微拉開口袋，「看得見嗎？」

「是空氣？」

「再看清楚一點，就在裡面啊。」

「好像有個褐色毛球，妳是指那個？」

「沒錯。」

「毛球不會說話。」

「那又不是毛球。」

「剛才愛麗絲說是毛球。」

「不，不是我，是你說的。」

「我剛剛說是毛球，然後，愛麗絲回一句『沒錯』。」

「我不是指那東西是『毛球』，而是『口袋裡長得像毛球的東西』。」

「那妳就不能回答『沒錯』，應該回答『不對』。」

愛麗絲嘆口氣。「不對。總之，我口袋裡的就是那東西。」

「那是什麼？」

「長得像毛球的東西。」

「愛麗絲是顧忌那個長得像毛球的東西嗎？」

「沒錯，那不是普通的毛球。」

「不是免費（註）？那是花多少錢買的？」

「不是花錢買的，那是我的朋友。」

「意思是，妳向朋友買來的？」

「不對，我沒說是向朋友買來的。」

「那妳是跟非朋友買的？」

「我也不是跟非朋友買的。如果『非朋友』算是一個詞的話。」

「那妳是向誰買的？」

「我沒向任何人買東西。」

「那不就是免費的？」

「才不是免費的。」

「妳講話怎麼牛頭不對馬嘴啊。」

愛麗絲大大深呼吸，「我並未提到任何有關買賣或價格的事情。」

「可是，妳剛才確實說『這個毛球是免費的』。」

「呃，這樣下去，只會愈說愈亂，讓我解釋清楚吧。剛才說的『ただ』不是指『零圓』，而是『普通』的意思。」

「妳的意思是，那不是一個普通的毛球？」

「那是以一個毛球的標準來看。可是，以一隻睡鼠的標準來看，算十分普通吧。」

「睡鼠？怎麼突然扯到那種莫名奇妙的傢伙？」

「噓！」愛麗絲在嘴巴前豎起手指。「小心牠聽見，牠就在我的口袋裡。」

「咦？」比爾誇張地抱著頭。「這麼重要的事情，妳爲什麼瞞著我！」

「我沒瞞著你，誰教你一直把話題扯遠，不然五分鐘前就會知道。」

「不過，我並不介意這種事啊。雖然是『莫名奇妙的傢伙』，但牠一直在睡覺，不會發現。」

「可是，牠不時會醒來。」

「大部分時間都在睡覺吧。」

「又不曉得牠何時會醒來，所以，你現在不能告訴我暗號。」

註：原文「ただ」，在日文中有「普通」或「免費」等意思。

「妳要我等睡鼠起床，再告訴妳暗號？」

「不，我的意思是，睡鼠可能會聽見我們的交談，所以你現在不能告訴我暗號。」

「爲什麼？讓牠聽見不好嗎？」

「畢竟暗號是用來區分敵人和同伴的口令。」

「沒錯。」比爾點頭。

「既然如此，外人聽見不是很糟糕嗎？」

「咦，難道睡鼠是敵人？這情報妳是從哪裡得到的？」比爾雙眼發亮。

「我沒收到那種情報。」

「那就是假情報？」

「不是假情報，我只是單就可能性論斷。」

「什麼可能性？」

「睡鼠和敵人串通的可能性。」

「這傢伙？」比爾仔細端詳睡鼠。「牠總一副睡眼惺忪的樣子，會是奸細嗎？」

「打瞌睡和是不是奸細沒關係。不過，看牠睡成那副德性，說牠像奸細確實頗牽強。」

「我有個好點子。趁牠在睡覺，我告訴妳暗號不就得了？」

「我才沒睡著！」睡鼠出聲。

愛麗絲和比爾無言注視著睡鼠。牠雙眼閉闔，輕輕發出鼾聲。

「牠似乎是忽然醒來，立刻又睡著。」比爾低語。

「只是在說夢話的可能性很高。」愛麗絲應道。「不過，不能完全排除牠一直醒著的可能性。」

「我想到一個更好的點子。我說的『更好』，是指比『趁牠在睡覺告訴妳暗號』這個好點子『更好』的點子。」

「你的好點子眞是源源不絕。」

「妳這麼尊敬我，我非常高興。」

愛麗絲不禁想回一句「我才不是尊敬你」，還是決定作罷。這樣只會在無聊的對話中愈陷愈深。

「然後呢？你想到什麼好點子？」

「乾脆把睡鼠當成我們的同伴吧。如果牠是同伴，知道暗號也沒關係。」

「咦，你這麼輕易相信牠？」

「妳懷疑睡鼠嗎？」

「怎麼可能……」

「對嘛，我也沒懷疑牠。即使牠是敵人，根本一點都不可怕。所以，牠是敵人或同伴其實沒差。」

「別小看我！」睡鼠抗議。

愛麗絲和比爾無言注視著睡鼠。牠雙眼閉闔，微微發出鼾聲。

「難不成牠在假睡？」比爾疑惑。

「如果是假睡，不會故意出聲吧。」

愛麗絲原想用睡鼠當藉口逃避討論暗號，卻覺得這主意愈來愈愚蠢。與其爲無聊小事陷入鬼打牆般的對話，不如早早聽比爾說完暗號，打發他離開。

「好吧，睡鼠八成睡著了，就算聽到暗號，也不會造成任何威脅。現在請你告訴我暗號。」

「那我要說嘍。我只說一次，妳仔細聽。『我只說一次』這句話，我一直很想說說看。可是，爲什麼只說一次？既然是重要的事情，就算說三次也不過分。」

「大概是覺得說三次太麻煩吧。」

「原來如此，是覺得麻煩啊。我總算搞懂。」

「麻煩的事真的很令人討厭。」

「會嗎？說起來，哪有那麼多麻煩的事？」

「我倒剛想到一件。」

那就是沒完沒了地陪一隻想告訴她暗號，卻遲遲不說的蜥蜴。

「總之，我贊成把睡鼠當同伴，你趕快告訴我暗號吧。」

「我知道了。首先，我會說『那蛇鯊』，然後妳就接……」

「『原來是一隻布吉姆』（註）。」

比爾登時目瞪口呆。「妳怎麼知道？難不成祕密洩漏了嗎？」

「是誰洩漏這個祕密？」

比爾緊盯著睡鼠。只見牠雙眼閉闔，微微發出鼾聲。

「牠果然在假睡吧？」

「呃，你在睡鼠面前說過暗號？」

「啊，正確地說，我只說了前半句，後半句是妳說的。」

「那不是剛剛發生的事？」

「妳忘記了嗎？」

「我才沒忘。」

「那就好，我還以爲妳腦袋有問題。」

「在那之前，你和別人說過暗號嗎？」

「沒有。」

「沒有嗎？」

「對啊。剛剛是我第一次說出口，在那之前，暗號一直都在我的腦袋裡。」

「那你懷疑睡鼠就不合理了。」

「可是，在我告訴妳暗號之前，妳就知道暗號，我有充分的理由懷疑睡鼠。」

「不對，睡鼠是無辜的。」

「爲什麼妳如此篤定？」

註：原典出自《愛麗絲夢遊仙境》作者路易斯・卡洛於一八七四年創作的戲謔詩集《獵蛇鯊記》（*The Hunting of the Snark*）。「蛇鯊」（Snark）是由「Snake」和「Shark」兩個單字組合而來，是作者虛構的危險怪物，有許多品種，長翅膀的會咬人，長觸鬚的會抓人。尋常蛇鯊沒什麼危害，但其中有個危險品種叫「布吉姆」（Boojum），遇上牠的受害人會在剎那間無聲無息地消失不見。

「我又不是從睡鼠那裡聽來的。」

「那未免太奇怪。背叛者究竟是誰？」

「倘若有背叛者，一定是知道暗號的人。」愛麗絲大感意外。

「知道暗號的人……妳知道暗號吧。」

「你覺得背叛者是我？」

「妳是嗎？」

「不，我才不是背叛者。」

「爲什麼妳這麼肯定？」

「因爲我自己的事，沒人比我更清楚。我不是背叛者。」

「還有其他人知道暗號嗎？」

「只有一個人。」

「誰？」

「比爾，就是你。」

「噢，我倒沒想到這點！」比爾按著額頭。「原來我就是背叛者，我一點都沒發現。」

「放心吧，比爾。你也不是背叛者。」

「妳怎麼知道？」

「你不是背叛者的類型。況且，如果你是背叛者，你自己應該會知道。」

「這樣啊。我自己應該會知道，那我只要問自己就能搞清楚。可是，該怎麼向自己問話？」比爾幾乎陷入恐慌狀態。

「放心。你不必問自己，我可以幫你。」

「謝謝。愛麗絲，妳幫了我大忙。」

「比爾，你是背叛者嗎？」

比爾微微偏頭，瞪著空中思考片刻，回答：

「不，我才不是背叛者。」

「瞧，你不是背叛者。」

「不，現在還不能放心。」比爾十分不安，「我也可能撒謊。」

「你沒撒謊。」

「妳怎麼知道？」

「如果你是背叛者，你背叛誰？」

「妳？」

愛麗絲搖頭。

「我？」

「你覺得自己遭到背叛？」

「一點也沒有。」

「你看吧。」

「那到底誰是奸細？」

「沒人是奸細。」

「這種事妳怎麼知道？」

「這個國家沒人腦袋靈光到足以背叛人……」

「不好了！」許多士兵和馬匹在他們眼前著嚷嚷著四處奔跑。

「怎麼？發生什麼事？」比爾問道。

「國王的士兵和馬匹會如此慌張，答案只有一個。」

「查出誰是背叛者？」

「八成不是，應該是從圍牆上摔下來吧。」

「什麼東西從圍牆摔下來？」

「不能說是『東西』，而是『某人』吧，至少在這個世界是如此。」

「哪個世界？」

「不可思議王國。」

「不可思議王國？」

「就是這個世界啦。」

「除了這個世界，妳還知道其他世界嗎，愛麗絲？」

「嗯。大概吧，我不是很有自信。」

「什麼意思？」

「我的記憶不是非常清楚。不，我不是想不起來，我有記憶，只是沒眞實感。不過，去到另一個世界時，這個世界反倒變得不眞實。」

「那麼，是誰摔下去？」

「你是認眞想知道？」

「對。」比爾點頭。

「國王的士兵和馬匹慌成這樣，你還猜不出來？」

「對。」比爾點頭。

「蛋頭人（註）。」

「誰？」

「你不知道蛋頭人？」

「當然知道！我什麼時候說過不知道？」比爾有些不開心。

「我們去瞧瞧情況吧。」愛麗絲提議。

如此一來，多少能度過有意義的下午吧。

「蛋頭人大概在這邊。」比爾像是心裡有底，突然跑了起來。

「等等我。」愛麗絲急忙追上。

「女王陛下城堡的庭園。」比爾指向前方。

循著比爾的指尖望去，愛麗絲確實看到一個摔爛四散的東西，像是巨大的白色外

註：Humpty Dumpty，原是英國《鵝媽媽童謠》中的人物。路易斯・卡洛在續作《愛麗絲鏡中奇遇》中，也寫進Humpty Dumpty，身形爲一顆蛋加細小的四肢，蛋殼上有五官。原文爲「Humpty Dumpty sat on a wall. Humpty Dumpty had a great fall. All the king's horses, and all the king's men, couldn't put Humpty Dumpty together again.」（圓圓胖胖的蛋頭人坐在圍牆上，圓圓胖胖的蛋頭人重重跌了一跤，儘管國王派出所有人馬，還是無法幫助蛋頭人復原）。

殼。除此之外，還摻雜紅黑色的東西。

愛麗絲一心以為會看見黃色的東西，頗為意外。

噯，不過也沒必要這麼驚訝。畢竟，誰能保證蛋頭人一定是未受精卵？

蛋頭人周圍，出現兩道人影。嗯，雖然他們不是人類，但視他們為人類是這個世界的規矩。

愛麗絲走近後，漸漸認出那是三月兔和瘋帽匠。

哎呀，那些人在做什麼？照理說，現在是他們開怪怪茶會的時間。呃，不只是現在，那群人無時無刻都在開茶會。

瘋帽匠拿著巨大的放大鏡，積極查看蛋頭人的殘骸。

三月兔則看似瘋顛地在一旁跳來蹦去。不對，他的瘋顛是毋庸置疑的事實。

「你們在做什麼？」愛麗絲探問。

「如妳所見，在調查犯罪。」瘋帽匠頭也不抬地回答。

「犯罪？蛋頭人不是從圍牆上摔下來嗎？算是意外事故吧？」

瘋帽匠抬起頭。「不對，蛋頭人是遭到殺害。這是一起殺人命案。」

2

啊啊，又做了奇怪的夢。

栗栖川亞理磨磨蹭蹭地爬出被窩，按掉鬧鐘。

一如以往，夢境眞實得令人不舒服。在夢中的時候，她的五感敏銳得難以相信在做夢（準確地說，亞理並非眞的記得那種感受，她只記得「夢中的自己是這麼認爲」）。

不過，一旦清醒，又覺得僅僅在做夢，對夢境的印象變得模糊。

這不是指亞理夢中的記憶變得曖昧，而是缺乏眞實感，像在看電影或讀小說。無論在夢中的感覺多麼眞實，終究不是現實，亞理明確感受到這不可動搖的事實。

可是，爲什麼我總做這種夢？不斷夢到那個世界，及那些腦袋怪怪的人物和動物。

我對那個世界的事應該很清楚，卻記不起那個地方究竟在哪裡。做夢的時候，甚至不會產生「這是哪裡？」的疑問。

噯，既然是做夢，不合邏輯也是理所當然。

不過，大家都說醒來就會忘掉夢境的內容，我卻一直記得。雖然失去眞實感，但夢中發生過的事仍存在於記憶。

這算特殊案例嗎？

最近老做這個夢。難不成，我每天晚上都夢到？不會吧？

她試著回想前一天的夢。

前一天做的是那個世界的夢。至少前一天是這樣。連續夢到兩天，應該還不算奇怪。

她試著回想前天的夢。

八成也是在那個世界的夢，但我不過是連續三天湊巧做同樣的夢。

那大前天又是如何？

雖然沒有證據，總覺得似乎同樣是夢見那個世界。

…………

亞理忽然一陣不安。

我這樣沒問題嗎？應該沒問題吧。

雖然對心理學沒有詳細研究，但聽說人反覆做相同的夢是有意義的。一定是那個世界象徵某種事物，對現在的我很重要的事物，潛意識才會一直提醒我。

我是何時開始做這些夢？

記不清楚，似乎從很久以前就開始，只是夢境的記憶與現實太脫節，難以難判斷正確日期。

噯，換個角度想一想。除了那些夢，我還做過什麼印象深刻的夢嗎？

…………

完全想不出來。

難道除了那些夢，我沒夢過其他情景？

怎麼可能？我只是一時想不起來。

亞理緊咬嘴唇。

做什麼夢根本無關緊要，我卻莫名在意。早知如此，就每天寫夢日記。

對，夢日記。

乾脆試著記錄吧？標明日期，簡單寫下內容，或許能夠掌握心理癥結。

亞理拉開書桌抽屜，抽出爲課堂準備的筆記本。

忽略開頭寫有文字的兩、三頁，亞理翻到空白頁。

五月二十五日

我做了一場夢。

夢到白兔在奔跑。蜥蜴比爾告訴我暗號是「那蛇鯊原來是一隻布吉姆」。蛋頭人遭到殺害。

「那蛇鯊原來是一隻布吉姆」，這句暗號是什麼意思？啊，不過在比爾說出口前，我就曉得下半句。難不成在那個世界，其實是人盡皆知的慣用語？果眞如此，比爾實在不是普通的傻。

不行！這麼晚了，得趕緊出發去大學。今天好像是我預約使用實驗儀器的日子？

亞理餵過寵物倉鼠，慌慌張張衝出門。

亞理抵達大學研究室時，建築物內的情景異常慌亂。

平日難得露面的學校職員在走廊上小跑步，她還看見一些生面孔，連警察都出現。

「怎麼回事？」亞理問大一屆的研究生田中李緒。

「聽說是中之島研究室的王子去世了。」

「咦？」

亞理不禁懷疑自己的耳朵。她和中之島研究室的博士生王子玉男不算親近，頂多在研究會上交談幾句，但聽到前一天活蹦亂跳的人突如其來的死訊，仍受到相當大的打擊。

「我也嚇一大跳。」

「是得急病嗎？」

「畢竟他的綽號叫雞蛋（註），體型圓滾滾，大夥恐怕都以爲他有糖尿病或心血管疾病。不過，不對。聽說他是從高處墜落。」

「高處墜落？他遇上空難，或什麼意外嗎？」

「不是的，他從頂樓摔下來。」

「難不成是自殺……」

「目前正在調查，根據目擊者的描述，當時他坐在頂樓邊緣，雙腿晃來晃去。」

「有人看見事發經過？」

「對，所以立刻叫救護車，可惜還是遲了一步……剛剛附近又是救護車、又是警車，亂成一團。」

最近似乎發生過類似的情況，亞理突然閃過這個念頭。是什麼事？

「他大概不是自殺。」李緒突然小聲道。

「妳爲何這麼想？」

「他不是會自殺的類型啊。妳不認爲嗎？」

「我和王子同學沒那麼熟……」

「那個人是做事漫不經心的類型，該說是不拘小節嗎？像坐在頂樓邊緣，也挺有他的風格。他可能根本不覺得危險。」

「妳的意思是，那是他不小心造成的意外？」

「我不敢斷言。總之，現在不適合做實驗。」

「咦？這可不行，我今天預約了氣相沉積儀，錯過要再等三週。」

「哎呀，眞是傷腦筋。不過，沒辦法，學校發出通知，宣告今天實驗中止。」

「晚上也不行嗎？」

「基本上，只有晚上的實驗能獲得准許。妳現在申請也來不及吧？」

「那怎麼辦？」亞理垂頭喪氣，「這樣趕不上學會發表。」

「要是非進行實驗不可，去和其他預約這週的人交涉看看如何？時間不趕的人，說不定願意讓給妳。」

「我試一試。」

亞理查過預約表格，挑出幾個可能人選，然後到各間實驗室繞一繞。

沒幾個學生和研究員在做實驗，大多在談論王子的死訊。有些人以手邊工具做簡單的實驗，但亞理無法判斷這是學校許可的，還是他們私下偷偷進行，她也不打算上前追問。此刻，亞理滿腦子只有實驗的事。儘管對王子感到不好意思，但她實在沒空哀悼。

「星期三氣相沉積儀的預約時段，能不能先讓給我？學會發表上我需要數據資料。」亞理詢問其他研究生。

註：雞蛋在日文中表記爲「玉子」。

「啊，抱歉。我也非常趕，別說學會發表，連博士論文都快來不及。」

「你曉得誰進度比較不趕嗎？」

「時間比較不趕的人？哪可能……啊……」

「你心裡有人選嗎？」

「嗯，要說不趕嘛，他一向老神在在，不過他的情況可能有點不一樣。」

「所以，他究竟是趕還是不趕？」

「嗯，可以確定的是，那傢伙是個怪咖。」研究生點點頭。

「是誰？」

「井森啦。井森健，妳認識嗎？」

她知道這個名字。對方和她同一屆，是外系轉來的學生，所以不是很熟。這麼一提，他總一副悠悠哉哉的樣子，確實給人一派從容的印象。

「我去問一下井森同學，你知道他在哪裡嗎？」

「不好說，那傢伙和王子關係不錯，警方也在找他。」

糟糕，必須趕在警方之前找到他。

「我先告辭。」

亞理匆匆道別，出發尋找井森。

她很快發現井森。只見他在學生餐廳愣愣看著電視。

「井森同學！」亞理氣喘吁吁地呼喚。

井森緩緩轉身望向亞理，歪歪脖子。

「你預約了後天的氣相沉積儀吧？那時段能先讓給我嗎？」

井森又歪歪脖子。

「你脖子怎麼了嗎？」

「我在試著回想。」

「什麼事？」

「同時在回想好幾件事。首先是氣相沉積儀，後天我似乎預約了這台儀器。」

「你這麼不確定？不就是後天的事嗎？」

「後天的事，誰有空去想啊。光是今天的事就夠我忙的。」

「可是，你在看電視。」

「對，看電視就是我今天要做的事之一。」

「現在是悠悠哉哉看電視的時候嗎？」

「難道有什麼緊急事故害我不能看電視？」

「你的摯友過世了不是嗎？」

井森歪歪脖子。

「怎麼？」

「又增加一件我必須想起的事。」

「你不必想了，我直接告訴你，是王子同學。」

「王子？」

「你連王子同學的名字都不記得？」

「不，這我記得。只是，他和我是好朋友，我還是第一次聽說。難不成是我忘記？」

「那就是我誤會，你們可能只是普通朋友。」

井森歪歪脖子。

「你們連朋友都不算嗎？」

「不知道，可能是我忘了。」

「那在你的認知中，你們是什麼關係？」

「點頭之交吧。不過，比跟妳的交情好一點。至少我和王子在走廊遇見會打招呼。」

「如果遇到我，你不會打招呼？」

「我跟妳打過招呼嗎？」井森歪歪脖子。

「我沒印象。」

「這下問題就棘手了。關於我有沒有跟妳打過招呼，我非得提出答案不可嗎？」

「這倒不必。當然，你想回答也行，但還是下次再說吧。」

啊啊，像這種拖泥帶水的對話，總覺得我最近在哪裡經歷過。

「啊，我想起來了！」井森指著亞理，「妳是栗栖川同學。」

「你一直在想這件事？」

「沒錯。不過，我還有一件事必須想起來。那件事更重要。」

「預約氣相沉積儀？」

「這件事我早就想起來，我確實預約了氣相沉積儀做實驗。」

「你能和我交換時段嗎？」

「很困難，我接下其他組的實驗委託。如果是我個人的實驗倒好解決，但我答應妳會給別人添麻煩。」

「是嗎？」亞理垂頭喪氣。「怎麼辦？這下我眞的會完蛋。」

「那也未必，方便把妳的實驗內容告訴我嗎？」

亞理十分沮喪，仍簡單說明實驗內容。

「原來如此，妳只要能形成電極就行。」

「嗯，簡單地說，是這樣沒錯。」

「那妳不妨用濺鍍機（sputter）。」

「用濺鍍機會不會太誇張？」

「誇張一點無所謂啊。換成濺鍍機，妳這週就能使用。」

「你不記得自己預約的實驗時段，卻記住其他儀器的預約情況嗎？」

「我不是忘記自己的實驗，只是需要一些時間回想。」

亞理思索片刻。確實，如果目的是製造出電極，用濺鍍機也行得通。雖然儀器設定上比較麻煩，但她有使用經驗，不算太困難。

如此一來，實驗進度就不致大幅落後。雖然最初的目的沒達成，但以結果而言，找井森商量或許是正確的決定。

「謝謝，我決定試試濺渡機。」

井森歪歪脖子。

「怎麼?還有什麼事情嗎?」

「還有一件事情。」

「對了，你說過有事情沒想起來。」

「是重要的事情。」

「連想都想不起來，你怎麼知道是重要的事情?」

「是有點奇妙。」

「會不會和今天的事件有關?」

「事件?」

「你連這也忘了?」

「不，只是今天的狀況有點多。」

「有比王子同學的死更嚴重的事件?」

「噢，妳是指那一件啊。」

「其他還發生什麼狀況嗎?」

「像是自動販賣機的可樂賣完，來大學的路上我坐過頭一站。」然後，他直直瞪著亞理。「此刻，妳在這裡向我搭話。」

「這些根本一點都不重要吧。」

「重不重要是由各人觀點決定。」

「我向你搭話算重要?」

井森的臉上掠過一絲倉惶。

嗯，這表情是怎樣？

「對了，正是和妳有關。」

「什麼？」

「再給我一點時間，我就能想起來，等一下。」

要我再等一下，可是對話朝奇怪的方向發展，繼續待著頗尷尬。

對了，乾脆我來另起話題吧。

「王子同學的死應該是意外吧？」

「病死的機率不完全爲零，但應該不太可能。不是意外，就是自殺或他殺吧。」

「如果不是病死，大概只有這三種可能。」

「可是，實在非常奇怪。」

「你也這麼認爲？」

「他不是會自殺的類型。」

「不能以貌取人吧。」

「當然。不過，沒證據顯示他是自殺，所以先排除。另一種可能，是發生意外。不過，在什麼情境下會發生這樣的意外？」

「坐在頂樓邊緣雙腿亂晃時失去平衡。」

「一個懂事的成年人，會坐在頂樓邊緣雙腿亂晃嗎？」

「畢竟每個人都有自己的理由和癖好。」

「也對。不過，沒找到確證，暫且排除吧。接下來是他殺，凶手如何在那樣的情境下殺人？」

「不是有目擊者嗎？」

「噢，就是我啊。」

「咦咦咦！」

「那時我快趕不上實驗，跑向實驗大樓，王子就坐在頂樓邊緣，雙腿晃來晃去。」

「那你怎麼做？」

「什麼都沒做。我只覺得很危險，擔心隨便揮手會分散他的注意力，害他摔下來。」

我暗想著，必須通知其他人，採取一些對策。

「你認爲他要自殺啊。」

「他看上去一點都不像要自殺，不過，人有時會做出突發性的行動。所以我躲在暗處，準備通報警察或消防隊，王子卻突然一頭往前栽。」

「他自行跳下去的？」

「不，他像在奮力抵抗，下一秒就墜樓。」

「他是被推下去的？」

「看上去有點像，不過我沒瞧見凶手。」

「意思是，凶手是透明人？」

「不，可能是角度的關係，我看不見。」

「目擊者只有你嗎？」

「當然還有其他幾個人。王子墜樓的時候，響起一陣尖叫。不過，其中沒我認識的人。」

「後來你怎麼辦？」

「包含我在內，好幾個人跑向墜樓地點。畢竟是從五層高的樓頂摔下來，我認爲他是當場死亡。可能是落地的時候脫臼，他的手腳和脖子怪異地拉得老長，屍體像是摔得四分五裂。」

「摔得四分五裂的屍體？」

「正確地說，就像摔壞的東西。」

「像洋娃娃那樣？」

「比起洋娃娃，感覺更像碎裂的東西，例如玻璃杯或雞蛋之類的。」

「你是因爲王子的體型才聯想到雞蛋吧？」

「這我不能否認。」

「所以，你認爲他是被人殺害。」

「我沒有證據。不過，事件的經過確實讓我留下奇怪的印象。」

「你告訴警方了嗎？」

「嗯，可是他們似乎沒放在眼裡。嗳，這也是當然的吧。畢竟只是我的個人觀感。」

「其他目擊者有相同的感覺嗎？」

「不清楚。其餘目擊者中沒有我認識的人，而且在警方問話前私下交談不利於搜查。」

「為什麼？」

「雙方的印象可能會相互影響，導致記憶發生變化。」

「警方結束問話了吧？」

「很難講，搞不好還在繼續。」

「不過，應該問完幾個人了，你和那些人談一談沒關係吧？」

「有道理。可是，就像我剛才說的，裡頭沒有我認識的人。現在要查出他們的身分，並找他們談話不太容易。」

「你何不用網路試試？」

「我幹嘛這麼做？」

「當然是要查明眞相啊。」

「不好意思，用這種辦法是不可能觸及眞相的。不管我們認為是意外或謀殺，全屬個人觀感。聽再多人的說法，也無法解決問題。」

「或許有人看見凶手。」

井森搖頭。「我應該是現場看得最清楚的人。除非是從頂樓或空中俯瞰，就另當別論。」

「說不定有這樣的人。」

「不無可能。只是，要如何確認對方證詞的眞假？」

「根據他的證詞，逐一找出證據。」

「那是警方的工作。或者說，那是媒體的工作。」
「有不能調查的理由嗎？」
「很顯然地，這會妨礙警方的搜查。」
「那就到此爲止，掰掰。」亞理準備離開。
「等一下，妳對這個案子很感興趣嗎？」井森叫住亞理。
「嗯，怎麼說……不是完全沒興趣？」
「就身邊有人過世的情況而言，妳的反應不算奇怪，只是……」
「只是什麼？」
「我總覺得此事與妳有關。」
「等等，這話是什麼意思？」
「如同字面上的意思。」
「你是指，王子的死與我有關？」
井森點點頭。
「有證據嗎？」
「應該有。再給我一點時間，我就能想起……」
「這算什麼？你知道王子的死與我有關的祕密，表示你也是涉案人吧？」
「就是這麼回事。」
「這算不算是種妄想？」
「目前的階段，妳這麼說，我無法反駁……」井森的雙眼忽然失去焦點。

咦？感覺有點恐怖。

「你怎麼啦？不要緊吧？」

井森終於回神。「不要緊，我終於想起來。」

「和案件有關？」

「唔，我還沒想明白。」

「和我有關？」

「沒錯。」

「和你也有關？」

「沒錯。」

「你是指，關於我們之間，你想起了什麼？」

「沒錯。」

「你是指，我和你之間有某種聯繫？」

「沒錯。」

「這我可不知道。」

「不、不，妳應該也知道。」

「那你立刻證明給我看。」

「噢，好啊。」井森直勾勾盯著亞理。

這個人果然很恐怖。

井森的嘴巴慢慢張開：

「那蛇鯊——」

亞理如遭電擊，渾身竄過一股惡寒。

她的嘴巴像被冰凍，無法出聲。

井森靜靜注視亞理。

不行。一旦我應聲，恐怕會造成難以挽回的後果。

不，無法回頭。我已回不去平穩的人生。強烈的預感席捲而來。

井森自信滿滿地凝望亞理，眼底不見一絲不安。他相信亞理曉得正確答案。

即使我的世界會因這句話崩壞，我也不管了。

說起來，世界最初就是這樣運作的吧？

亞理做好覺悟，應道：

「原來是一隻布吉姆。」

世界頓時一變。

3

「俺是在幫忙調查殺人命案。」三月兔得意洋洋，每一跳躍都將蛋頭人的殼踢得老遠。

「你這髒兮兮的畜生，快別跳了！」瘋帽匠打心底生氣。

「兔子先生，看來你一點都沒幫上忙。」

「幫忙？幫什麼忙？」

「殺人命案的調查啊。」

「殺人？這社會未免太不平靜。」

「明明是你自己說在幫忙調查殺人命案的。」愛麗絲語帶不悅。

「跟那傢伙說什麼都是白費口水，」瘋帽匠下結論：「他腦袋有問題。」

「我們明明是彼此彼此吧。」三月兔放聲大笑。

瘋帽匠無視三月兔的發言，拿放大鏡觀察蛋頭人的殼內。「唔……」

「有任何發現嗎？」比爾問道。

「你是什麼東西？」注意到比爾，瘋帽匠不禁提高聲量。「難不成是爬蟲類？」

「爬蟲類？」比爾疑惑。

「就是長得像你這樣的傢伙。」

「所以，你的問題是『你是**長得像你這樣的傢伙**嗎』？」

「如果真的這樣問，豈不顯得我很笨？」

「我是『長得像我這樣的傢伙』沒錯啊。」

「俺知道了，」三月兔大喊：「這傢伙是霸王龍，就是雷克斯暴龍。」

「霸王龍和雷克斯暴龍哪一種比較酷？」

「都一樣啦，雷克斯。」

「我不叫雷克斯，我的名字是比爾。」

「比爾？俺從沒聽過比爾暴龍。」三月兔神情變得嚴肅。「噢，俺懂了，你是山寨版，你是山寨版雷克斯暴龍。」

「我才不是山寨版，我是正牌比爾。」

「廢話不必這麼多。」瘋帽匠痛罵。

「沒錯，少廢話，你這隻肉食獸腳亞目。」三月兔接過話。

「我罵的是你，笨兔子。」

「笨兔子？這裡有兔子在場嗎？」三月兔環顧四周。

「對啊，有兔子。」瘋帽匠應道。「那不重要，重要的是這傢伙的身分，從大小判斷，他不可能是霸王龍，八成是迅猛龍。」

「俺認爲是恐爪龍，迅猛龍的體型和一隻小狗差不多。」

「你很瞭解恐龍嘛。」

「當然，俺考慮過當恐龍博士。」

「那你剛剛爲什麼說他是雷克斯暴龍？」

「俺想這傢伙一定是幼龍，是雷克斯暴龍的小孩。」

「有道理。」

「我才不是小孩。」比爾抗議。

「小孩大抵都會這麼主張。」三月兔拍拍比爾的肩膀。

眼前粉紅色的身體組織沾附在蛋殼內側，持續抽動著。

「蛋頭人似乎還活著？」

「是以組織爲單位活著，足以算是不容懷疑的生命。不過擔任整合角色的蛋頭人死掉，已不存在這個世界。」瘋帽匠回答。
「每次抽動都會滲出汁液，好噁心。」
「確實令人不忍卒睹。不過，只要想成濃湯，就不會覺得噁心。」
「原來如此，只要想成濃湯就行。」三月兔捧起蛋殼，唏哩呼嚕吸吮起來。
愛麗絲一陣強烈的反胃。
「嗚嘔嘔嘔……」三月兔劇烈嘔吐，粉紅色液體朝四周飛濺。
「我真是受夠你了！」比爾一拳揍向三月兔。
「等一下，」三月兔舉起手阻止瘋帽匠，「今天是特別的日子，原諒俺吧。」
「今天是什麼紀念日嗎？」
「是俺的特別日子。」
「你的？」
「對，今天是俺的非生日。」
「咦，是嗎？」瘋帽匠十分開心。「好巧，今天也是我的非生日。」
「你、你說什麼，太驚人了。」
「說出來你們可能不相信，今天其實也是我的非生日。」比爾出聲。
「這未免太巧！」瘋帽匠按著額頭。
接著，三人紛紛望向愛麗絲。
難不成他們在等我說「今天也是我的非生日」？我是絕不會說的。
「總不會……今天也是妳的非生日吧？」三月兔臉上堆滿笑容。

愛麗絲想丟出一句「你們好煩」，剛張開嘴巴——

「對，今天是我的非生日。」愛麗絲口袋裡的睡鼠回答。

「多麼驚人的巧合！」瘋帽匠、三月兔和比爾齊聲驚呼。

「可是，妳怎麼像在說夢話啊。」比爾困惑。

他們以爲那句話是我說的。算了，特地解釋也很怪。反正今天是我的非生日……

「然後，爲什麼這是一起殺人命案？」

「首先，有一具屍體。這是證據之一。」瘋帽匠應道。

「屍體是指這些蛋殼？」

「蛋頭人死掉，自然變成蛋殼。」三月兔解釋。

「你偶爾挺機伶的嘛。」瘋帽匠稱讚三月兔。

「有屍體不等於是遭到殺害吧。」

「他看起來像病死嗎？」

「我沒看過生病的蛋頭人，所以不清楚。」

「我也沒見過，但他不是病死。如果他染患身體會支離破碎的病，我們應該會有所耳聞。」

「俺聽說過。」三月兔開口。

「這傢伙的話妳不必在意，他腦袋有問題。」比爾出聲。

「他也可能是發生意外啊。」

「意外？怎樣的意外？」

「比方坐在圍牆上，不小心摔下來。」

「試著想像，如果你的身體非常容易碎裂，坐在圍牆上會隨便亂動嗎？」

「大概不會吧。」

「蛋頭人也一樣，坐在高牆上時不會隨便亂動。」

「或許他是故意的。」愛麗絲質疑：「他不可能自殺嗎？」

「他不是自殺，我們有證據。」

「證據在哪裡？」

「這裡。」瘋帽匠不知何時攀上圍牆。「蛋頭人當時就坐在這裡。」

「那裡黏答答的。」

「有人在這裡潑油。」

「爲何要幹那種事？」

「設計蛋頭人滑落圍牆。有人會爲了自殺特地往屁股底下潑油嗎？」

「我想沒有。」愛麗絲搖頭。

「對吧。坐在這種東西上頭，一定會弄得黏答答，何必搞得這麼不舒服？如果想死，直接跳下去就行。這麼一來，身體不會黏答答，可以保持清清爽爽。」

「光是油漬，就情況證據而言有點薄弱吧？」比爾質疑。

「還有一項證據。」瘋帽匠躍下牆頭，指著一塊面積相對較大的蛋殼。「這是蛋頭人的背部。」

「怎麼曉得是背部？」愛麗絲問。

「瞧瞧殼內，有脊椎吧？」

「嗚嘔……」

「再看看外殼。有沒有發現不對勁？」

「有個手印。」

「某人沾滿油的手，推了蛋頭人的背一把，QED（註）。」瘋帽匠宣告。

「咦，你證明什麼？」

「不就證明這是一起殺人命案嗎？不然妳希望我證明什麼？」

「不找出凶手沒關係嗎？」

「那不屬於證明題。」

「要證明某人是凶手啊。」

「當然有人是凶手。畢竟這是一起殺人命案。」

「我的意思是，要證明特定的某人是凶手。」

「剛剛不是說過，當然有特定的某人是凶手。我不認爲一個不特定的人能犯下殺人命案。」

「不是那樣，舉個例子……就像證明凶手是三月兔。」

「才不是俺幹的！相信俺！俺是無辜的。」

「我都說了只是舉例……」

註：拉丁片語「quod erat demonstrandum」縮寫，表示「證明完畢」。

「妳爲何把矛頭轉向三月兔？」瘋帽匠發出銳利的目光。「這對妳有什麼好處？」

「什麼好處都沒有。」

「我也這麼認爲。」比爾附和。

「總之，既然證據俱全，很快就能查明凶手。」

「哪來的證據？」三月兔往油手印噴清潔劑，再拿抹布擦乾淨。

「你在幹嘛！」愛麗絲喊道。

「替蛋頭人把背擦乾淨啊。」

「這有意義嗎？」

「背弄得油膩膩，誰都會不舒服吧。」

「可是他早就死了。」

「誰死了？」

「蛋頭人。」

「咦，他怎麼會死？」

「他遭到殺害。」

「是殺人命案！大事不妙！」

「三月兔先生銷毀了證據。」

「因爲我已證明完畢，不再需要證據。」瘋帽匠辯護。

「還需要啊，可以用來查明凶手的身分。」

「剛才妳指控三月兔是凶手吧。」

「我都說了，那只是在打比方……不過，三月兔先生的行動十分可疑，居然銷毀證據。」

「三月兔不是凶手。」瘋帽匠斷言。「他有不在場證明。」

「眞的？」

「對。蛋頭人遇害之際，三月兔和我在開茶會。」

「你們哪時不開茶會？」

「話說回來，妳有不在場證明嗎？」

「我？」

「對。如果懷疑三月兔，卻不懷疑妳，未免不公平。」

「我沒有殺害蛋頭人的動機。」

「妳不是和蛋頭人起過爭執嗎？」

「我們沒發生爭執。我問蛋頭人一首詩，他突然發脾氣，對我十分粗魯。事情就只是這樣。」（註）

「由於受到粗魯的對待，妳一時惱火，痛下殺手。不是嗎？」

「才不是。」

「那妳有不在場證明嗎？」

「有，我一直和比爾——」

註：此處提到的是《愛麗絲鏡中奇遇》的故事情節。

「這麼一提，有件事挺怪。」比爾開口。

「蜥蜴，你想到什麼嗎？」瘋帽匠問。

「嗯，沒錯。」

「對，你快告訴他，當時你和我——」

「愛麗絲早就知道了。」

咦，他在說什麼？

「知道什麼？」

「她知道蛋頭人從圍牆上摔下來。」

怎麼扯到那裡？

「她真的說過『從圍牆上摔下來』嗎？」瘋帽匠確認道。

比爾輕輕點頭。

「愛麗絲，這情報只有凶手才知道吧？」

「才不是。他可是蛋頭人啊。」

「沒錯，他是蛋頭人。」

「那他一定會從圍牆上摔下來。」

「所以我問妳，怎會知道蛋頭人的死法？」

「這種事大家不都知道嗎？」

「蛋頭人今天剛遇害，情報不可能擴散得這麼快。」

「蛋頭人不是一直都那樣嗎？」

「一直都哪樣？」

「就是從圍牆上摔下來啊。」

「什麼意思？」

「他總是從圍牆上摔下來，把國王的士兵搞得人仰馬翻……」

「妳為何說『總是』？是指其他的蛋頭人嗎？」

「其他的蛋頭人？」愛麗絲陷入沉思。「不，只有一個蛋頭人。」

「那妳的話就不眞實了，因為他今天才死去。」

「那我怎會留下記憶？」

「還用說嗎？一定是妳殺害他時的記憶。」

「冤枉啊。」

「妳怎麼如此篤定？」

「我沒殺害他，這我能打包票。」

「妳要怎麼證明這一點？」

「比爾，我們剛剛一直在一起，對不對？」

比爾的目光閃爍，游離不定。「我們是在一起。不過，我們是不是『一直』在一起，我就不知道了。」

「你在說什麼？」

「我一直在思考，期間我並沒有看著妳……」

「我在和你交談，如果我離開，你肯定會發現吧？」

比爾發出呻吟，思索起來。

「調查完畢嘍。」空中突然冒出一張笑嘻嘻的臉。

「辛苦了，柴郡貓。」瘋帽匠開口。

「什麼調查？」愛麗絲問。

「他在調查有沒有目擊證人。」三月兔解釋。

柴郡貓的調查靠得住嗎？話說回來，這個世界根本沒有靠得住的人吧。

「這裡是女王陛下的庭園，蛋頭人特例獲准坐在圍牆上。」

「他為何要坐在圍牆上？」

「當然是因為坐在妳或獅鷲（Griffin）身上不安心啊。」

「柴郡貓，你離題了。」

「女王陛下委託公爵夫人管理庭園。」

「那公爵夫人就是目擊證人嘍？」

「公爵夫人怎麼可能親自過來？她正忙著育兒。」

「雖然她照顧的不是眞正的小寶寶。」

「噓——」瘋帽匠、三月兔、比爾和柴郡貓幾乎同時在嘴唇前豎起食指。

「這是不能觸及的話題嗎？」

「只要公爵夫人覺得幸福，我們不必特意提醒。」瘋帽匠回答。「柴郡貓，目擊證人是誰？」

「奉公爵夫人之命巡視庭園的是白兔。」

白兔！嗳，好險，他是比較妥當的人選。儘管靠不靠得住還很難講。

「當天發生的事他有印象嗎？」

「你說的當天，是指今天吧？」

「我的遺詞用字並沒有出錯！」瘋帽匠不悅地表示。

「對、對，我不覺得你出錯。」愛麗絲附和。

「今天白兔似乎差點趕不上巡視的時間。」

「那傢伙天天把時鐘掛在脖子上，但爲什麼就是無法守時？」

「需要調查一下嗎？」柴郡貓嘻嘻笑，不知何時冒出上半身。

「之後再調查就好，先告訴我們目擊證詞。」愛麗絲應道。

「我才是下指令的人！」瘋帽匠怒吼。「那件事之後再調查，你先報告目擊證詞。」

「那道圍牆位在城堡庭園中央，不進入庭園，誰都無法靠近蛋頭人。白兔抵達的時候，庭園裡只有蛋頭人。」

「爲何庭園中央會有圍牆？圍牆一般不都蓋在庭園邊界？」

「是要避免蛋頭人摔下來弄髒道路吧？」比爾推測。

「然後呢？白兔怎麼做？」

「確認過園內狀況後，回頭守著入口。」

「入口只有一處嗎？」

「只有一處。其他地方都以圍牆隔開，外人無法進入。」

「外側果然還有一道圍牆。」

「圍牆原本就是用來隔開內外。」

「凶手也能隱形進來不是嗎？」愛麗絲反駁。

「什麼意思？」

「舉例來說，就像你這樣，柴郡貓。」

「我？」

「抱歉，我不是在懷疑你。可是，如果和你一樣是會隱身的人……」

「那傢伙不是人。」瘋帽匠訂正。

「如果凶手和你一樣是會隱身的動物，不就能不被發現地溜進來？」

「不被發現？為什麼？」

「不被發現？爲什麼？」

比爾和三月兔同時問道。

「獸類同伴會發現的。」瘋帽匠解釋。「靠氣味或紅外線之類的察覺入侵者。當然，白兔應該也辦得到。」

「會不會是遇到那種情況？這個世界有時會突然和毫不相關的地方連接在一起，恐怕是發生類似的現象。」

「妳是指空間扭曲（SPACE WARP）？」柴郡貓問。

「那叫空間扭曲嗎？」

「在紙張的兩端分別標上記號，只要彎曲紙張，兩個記號便能重合。同樣的道理，空間一旦扭曲，相隔遙遠的兩個地方就會產生連結。」

「那應該沒錯。」

「可是，如果空間發生扭曲，附近許多景物會隨之變形，不可能沒人注意到這麼明顯的異象。」

「哦，是這樣嗎？」

「妳眞是一無所知啊。」比爾吐槽。

「還有其他可能。」愛麗絲繼續道。「這一帶不是很多會飛的人嗎？」

「女王陛下的庭園周遭禁止飛行。這一帶上空受到監控，無法接近。」柴郡貓回答。

「眞的？實在難以相信。」

突然，槍聲響起。

一隻小鳥墜落在愛麗絲一行腳邊。

小鳥啪嗒啪嗒拍動翅膀拚命掙扎，大量鮮血飛濺，把愛麗絲他們染得一身血紅。然後，小鳥不再動彈。一個巨大孔洞貫穿牠的腹背，軀體一陣一陣痙攣。

「瞧，這下妳相信了吧。」瘋帽匠說。

「太差勁了。」

「不會啊，這槍法挺不錯。」

「我指的不是槍法。」

「妳忽然提起不相關的事，要我怎麼回答？」瘋帽匠聳聳肩。「總之，這下妳相信不可能避開白兔的耳目接近蛋頭人了吧。至於這代表什麼意思，有人知道嗎？」

「白兔先生是頭號嫌犯？」

「妳怎會想到那裡？」

「白兔先生確實有行凶的機會啊。」

「關於這一點，我調查過。」柴郡貓應道。「蛋頭人落地的瞬間發出『啪』的巨響。當時，撲克牌軍隊恰恰通過庭園前，奉命來準備槌球賽。聽見聲響的刹那，他們目擊白兔站在入口，可惜隔著圍牆，看不見園內情況。」

「意思就是，在那之前進入庭園、在那之後離開庭園的很可能是凶手。」愛麗絲總結。

「我沒有異議。」瘋帽匠接著斷言：「如果白兔看見某人，當場宣布破案也不爲過。」

「是嗎？要是那個人不願認罪呢？」

「即使不肯招供，從情況證據看來，凶手一定就是那傢伙啊。至少在法庭上那傢伙沒勝算。」

「法官是誰？」

「女王陛下吧。搞不好，也可能是國王陛下。但他對女王陛下言聽計從，所以結果都一樣。」

「若是由女王陛下裁決，單憑這項證據，便足以宣判有罪吧。」

「那麼，白兔看見誰？還是，誰都沒看見？」比爾問。

「要是白兔先生誰都沒看見，就會變成密室殺人案。」

「那是白兔眞的誰都沒看見的情況。」柴郡貓打一個呵欠，「不過，事態沒想像中複雜。白兔作證，表示看見有人進入庭園，然後在國王的士兵和馬匹抵達之前逃離現場。」

「這樣一來，幾乎能確定那人就是凶手了吧。」

「正是如此。」

「那是白兔先生認識的人？」

柴郡貓注視著愛麗絲。「沒錯。而且，我們也很熟悉。」

「是我也知道的人？我認識的人不多啊。」

「是妳知道的人，這一點毫無疑問。」

「到底是誰？快告訴我。」

「妳這麼想知道？」

「對。旁邊那位帽子商人似乎在懷疑我，我想盡早解開誤會。」

「不要講得像我是平白無故懷疑妳。妳握有凶手才曉得的情報，我當然會懷疑妳。」

「所以我說是誤會。『只有凶手才曉得的情報』，我根本什麼都不曉得。」

「到底是誰？」比爾按捺不住地問。

「我只說一次，你們聽仔細。」柴郡貓開口。

「這是最近的流行語嗎？」愛麗絲吐槽。

「愛麗絲，就是妳。」
「咦？」愛麗絲頓時張口結舌。
「白兔作證：『聽到蛋頭人墜落的聲響後，愛麗絲逃出庭園』。」

4

半晌，亞理和井森默默相望。
「唔……」先開口的是亞理。「我現在好害怕。」
「我非常激動。」井森應道：「沒想到世上還有這麼酷的事。」
「所以，到底是怎麼回事？欸，你驚訝的理由和我驚訝的理由一樣吧？」
「爲何妳要講得這麼複雜？」
「萬一我會錯意，把心裡話說溜嘴，你一定會覺得我的腦袋有問題。」
「妳以爲我們是湊巧對上暗號嗎？」
「果然是暗號。」
「我是這麼告訴妳的吧。」
「所以，也就是說……不行，我說不出口。」
「怎麼會說不出口？我不懂。」
「這實在太奇怪，根本解釋不通。」
「理論之後再想就行。不先分析現象，理論便無法生成。妳知道嗎？相對論是以

『光速恆常不變』這個難以解釋的現象為基礎建立的。」

「可是，我不想說。如果說出口，你肯定會嘲笑我。」

「那我來說。站在這裡僵持不下，也不是辦法。」井森凝視亞理。「我們去過不可思議王國。那個時候，我的名字是比爾，妳叫愛麗絲。」

亞理尖叫出聲。

周圍的人目光紛紛落在兩人身上。

「喂，尖叫未免太過分。別人會以為我要非禮妳。」

「這實在太意外。」亞理解釋。

「妳也大致猜到了吧。」

「對。不過，那可能是我的妄想……啊，此刻你對我說的話，搞不好也是我的妄想。」

「連這樣都要懷疑，接下來妳會質疑起自己的精神狀態。」

「現在我確實處於無法相信自己的狀態。」

「我還以為妳在那個世界算是很正常的人。」

「究竟什麼情況？這是一種催眠術嗎？」

「哪裡像催眠術？」

「反正，是你讓我做了那些怪夢吧。」

「不，我沒幹那種事。」

「那是怎麼回事？你怎會曉得我夢境的內容？」

「因爲我和妳有共通的體驗。」

「你是指，我們的夢互相連結？爲何會發生這種現象？」

「我不清楚緣由。而且，不單純是我們的夢互相連結。」

「還是我神經不正常？」

「廣義來說，可能是這樣。」

「果然……」

「不過，妳沒必要擔心這一點。先假設客觀現象眞的存在，等推論出現矛盾，再懷疑自己的神智也不遲。」

「『客觀現象』是指什麼？」

「假設，不可思議王國眞的存在。」

「比起我的腦袋，我現在更擔心你的腦袋。」

「妳知道奧卡姆剃刀（Occam's Razor）嗎？」

「外國廠牌的刮鬍刀？」

「奧卡姆剃刀法則，不需設想不必要的假設。換句話說，解釋事物時應該採用最單純的理論。」

「意思是，最單純的解釋才是正確的？」

「不對。我的意思是，如果沒必要卻去設想複雜的假設，是思考的浪費。」

「哪裡不一樣？」

「現在不是嚴謹分析文字意涵的時候。我想說的是，把不可思議王國當成眞的存在，比較容易解釋。」

「倘使那個世界眞的存在，究竟在哪裡？地下、海底，還是其他星球？」

「妳認爲呢？」

「地下。抵達那裡的時候，我覺得像掉進洞穴。」

「地下大概不存在如此大的空間吧。況且，那個世界有陽光。」

「那是在海底？」

「換成在海底，問題和在地下幾乎相同。」

「果然是在外星球嗎？」

「這個可能性最高。不過，難以說明我們爲何能在兩個星球之間移動。」

「我們眞的移動了嗎？是在睡夢中？像夢遊患者那樣？」

「不是純粹的夢遊，我們還變身了。」

「會不會我們是睡糊塗才這麼認爲？」

「妳是說，我們在睡夢中溜出家門，在某個地方碰面，然後繼續做夢交談？」

「只能這麼解釋吧。」

「果眞如此，我們早該被別人發現，此刻都在接受治療。」

「那我們是怎麼在深夜外出行走？」

「要是我們沒出門呢？若我們都待在自家，身體仍在沉睡呢？」

「那不就是做夢？」

「不是單純的夢，而是在兩個世界的特定人物之間產生連結。」

「什麼意思？」

「我——井森健存在於這個世界，蜥蜴比爾存在於另一個世界。然後，這兩個人之間產生連結，一方的夢境和另一方的現實重疊在一起。」

「所以，這是夢？不是夢？」

「如果以心理健康爲優先，想成在做夢最容易理解。」

「不然怎麼辦？」

「當成夢也行，但放任事情繼續發展，另一個世界的妳將無法避免遭遇不幸。」

「怎麼說？」

「愛麗絲被認爲是殺害蛋頭人的凶手。」

「對啊，那是瘋帽匠和三月兔擅自推測。」

「不過，他們提出了證據。」

「證據？你是指白兔的胡言亂語？」

「在我們的世界，不管白兔說什麼都不算證據，可是，在那個世界，他的證詞是有效的。」

「你是指，愛麗絲可能遭到逮捕？」

「機率很高。」

「反正是在夢裡。」

「眞的能明確切割嗎？一旦判處無期徒刑，愛麗絲關進監牢，妳便會失去一半的人生。」

「一半？夢醒後，一切就會結束吧。」

「直到半年前，我都是這麼想。察覺老在做相同情境的夢，我便寫起夢日記。」

「我也從今天著手記錄。」

「這是個好習慣，人往往很快遺忘夢境的內容，除了格外印象深刻的夢。夢日記透露一個驚人的事實。」

「什麼事實？」

「這半年來，我每天都夢到不可思議王國。」

「怎麼可能……不過，聽你一提，我似乎也一樣。」

「記得何時開始做那些夢嗎？」

亞理搖搖頭。「總覺得是最近才開始，不過，又像許多年前就開始。」

「那我換一個問題。」井森繼續道。「除了不可思議王國的夢，妳記得其他夢境嗎？」

「這還用說嘛。」

「比如怎樣的夢？」

「問我是怎樣的夢……咦？」

「是怎樣的夢呢？」

「我一時想不起來。」

「然而，不可思議王國的夢，妳立刻就能想起來。」

「畢竟是最近做的夢。」

「意思是，多給妳一點時間，妳就能想起其他的夢？」

「嗯，當然。」

「那我等妳，不管要花多久時間，妳試著回想。」井森隨即閉上嘴。

亞理闔上雙眼，深呼吸。

別著急，心情放輕鬆，馬上就能想起來。

經過三分鐘。

亞理皺起眉頭。

井森一語不發。

又一分鐘過去。

亞理緩緩睜開雙眼。

井森笑嘻嘻地看著亞理。

「幹嘛？」

「想起來了嗎？」

「我只是一時失憶。不是偶爾會發生這種情況嗎？」

「一時失憶，妳是說，至今爲止的人生中所做的夢，妳一個都想不起來？」

「怎麼可能一個都想不起來。」

「那妳想到哪一個？」

「不可思議王國……」亞理的回答幾不可聞。

「什麼？」

亞理嘆一口氣。「對啦，一直以來，我似乎只做著同一類型的夢。」
「現下或許難以接受，但每天寫夢日記，妳就會漸漸相信。」
「你的意思是，往後的每一個夜晚，我都會夢到自己在坐牢吧。」
「沒錯。」
「確實，這並不是能讓人每晚抱著期待入睡的夢。」
「對吧。既然如此，我們必須想出迴避這種局面的方法。」
「可是，夢裡發生的事不會記得太清楚，不是比在現實中吃牢飯好得多？」
「我倒覺得，日本的監獄比不可思議王國的牢房待遇好得多。」
「反正都對現實世界的我沒影響。」
「唔……」井森目不轉睛盯著亞理。
「我臉上黏著什麼東西嗎？」
「我在煩惱該不該說。」
「難不成我的牙齒黏著海苔？」
「不是啦，我在評估妳的心有多堅強。」
「光憑外表，你就看得出一個人的心有多堅強？」
「我以爲可以，但似乎行不通。」
「那你再怎麼評估不就都沒用？」
「也對。那我就直接問，妳的心夠堅強嗎？」
「我哪知道，又沒和其他人的心較量過。」

「瞭解。看來，我繼續猶豫也不是辦法。根據長期的調查，我得知一件非常重要的事。」

「調查？什麼調查？」

「關於世界的調查。同時探索我們的世界和不可思議王國，我一點一滴發現兩個世界之間的關係。」

「聽到這裡，我覺得你最好去醫院檢查一下。」

「爲什麼？」

「一般人都會把這當作自己的妄想吧。」

「妳覺得自己在妄想？」

「不，眼前有一個人經歷相同的體驗。而且，你並不是我妄想出來的。」

「我也一樣。因爲有人和我經歷相同的體驗，我才相信一切不是妄想。」

「你不是剛剛才知道我是同伴嗎？」

「不，我不是指妳。我們的同伴還有一個人。」

「你說什麼？」亞理瞪大雙眼。「幹嘛不早點告訴我？」

「我想先確認妳眞的是愛麗絲。」

「另一個同伴是誰？」

「是王子同學。」

「咦？」

「王子同學也是不可思議王國的居民。」

「可是，你和王子同學不是點頭之交？」

「對啊，我們只是點頭之交，沒什麼深厚的友情。」井森繼續道。「我碰巧聽見他和別人提到『我最近做了奇怪的夢』。」

「不可思議王國的夢？」

井森點頭。「原本是隨便聽聽，我卻無法不在意。他夢見的情景和我知道的一模一樣。」

「你不認為是巧合？」

「我想認為是巧合。可是，他的話讓我很介意，以此為契機，我開始寫夢日記。」

「於是，你漸漸確信。」

「我夢見的世界眞實存在。」

「然後，你告訴王子同學這件事。」

「起初他心裡不太舒服，以為我在找麻煩。」

「他的反應挺正常，我也覺得很不舒服。」

「所以，我向他提議：『下一次我在夢中和你搭話。如果我能在現實世界說出夢中交談的內容，就是證據。』」

「你的實驗成功了。」

「眞是驚人。不過，隨著事實明朗化，也引發我身為研究者的興趣。我十分好奇造成這種現象的原理。」

「你弄清楚了嗎？」

「還沒，我剛整理出假說。」

「怎樣的假說？」

「內容不夠完全，不值一提。」

「無所謂，不完全總比沒任何情報強。」

「好吧。」井森舔舔嘴唇。「我們稱爲阿梵達（Avatar）現象。」

「阿梵達，那是什麼？」

「在印度神話中，代表神的化身。實體是神明，但暫時將化身送往塵世。例如，印度教把釋迦牟尼佛視爲毗濕奴神的阿梵達之一。比照這個模式，在『不可思議王國』的假想世界裡，會不會存在我們的阿梵達？」

「就像網路人格或網路遊戲的角色吧。雖然不是本尊，卻充分反映本尊的人格特徵。」

「我不玩推特（Twitter）和網路遊戲，不太清楚。要是這麼比喻妳較容易理解，倒也無妨。」

「那個假想世界是誰創造的？」

「毫無頭緒，連那個世界是不是人爲的都無法判斷。」

「假想世界可能自然形成嗎？」

「不完全排除這種可能。」

「不過，要建構出假想世界，電腦是必備工具吧。」

「人腦足以代替電腦。一般所謂的夢境或白日夢，也算是一種假想現實。」

「你的意思是，我們不知不覺登入某人的大腦？」

「更可能是，我們的大腦互相串聯，形成網路。」

「爲何會發生這種情況？我們的大腦又沒用纜線連繫。」

「這就是問題所在。我們的大腦或許是被某個未知的信號連在一起，也或許關鍵在於某個微弱的電磁信號。」

「這麼多電磁波在空氣中遊走，我們互相接收得到腦波嗎？」

「從雜訊中截取出有意義的情報，並不是多複雜的技術。至於人腦是否具備這種機能，目前還不知道。」

「應該不具備吧，畢竟我們不需要這種機能。不然，以聲音溝通的能力不會那麼發達。」

井森聳聳肩。「剛剛提過，我的推論仍在假說階段。當然，不排除有人祕密串連特定人士的精神世界與人爲建構的虛擬世界。」

「在沒意識到的時候，我們的大腦會不會被埋進什麼裝置？」

「不無可能。」

「這算犯罪了吧？我們得報警。」

「妳要告訴警察『我的頭被埋入不明裝置，請逮捕犯人』？」

「這樣他們根本不會理睬，首先要有證據。以X光或超音波檢查腦部如何？」

「這也是一種方法。前往醫院，向醫師傾訴『我頭痛得要命，請幫我做腦部檢查』比較實際。」

「我馬上去一趟醫院。」亞理隨即站起。

「等一下。」

「嗯，你還有話要說嗎？」

「我不是提過，有一件重要的事必須告訴妳？」

「不是剛剛討論的事嗎？」

「我剛剛的話也很重要，不過，那只是開場白，接下來的內容對妳非常重要。」

「別裝模作樣，快說，醫院要下班了。」

「萬一愛麗絲被認定是殺害蛋頭人的凶手，會發生什麼情況？」

「之前才談到，會關進監牢啊。」

「如果法官是女王呢？」

「大概會被砍掉腦袋吧，女王動不動就說『砍掉他的腦袋』。不過，實際上從沒砍掉任何人的腦袋……」

「那是他們並未眞的被視爲罪犯，所以沒人嚴格執行。一旦出現殺人犯……」

「愛麗絲會遭判處死刑吧。可是，在夢中……在假想現實裡死掉，有什麼大不了的嗎？像電玩遊戲的角色死掉，頂多受到斥責『這麼輕易死掉很丟臉』（註）。」

「我要告訴妳一項關鍵情報，因爲我判斷妳夠堅強。」井森深呼吸，繼續道：「王子同學在不可思議王國的阿梵達，是蛋頭人。」

「咦？」

亞理無法掌握井森話中的意思，內心一陣混亂。漸漸理解後，她渾身哆嗦。那種止不住的戰慄，是她不曾體驗的感覺。

「沒錯，兩個世界的死亡可能有連鎖效應。」井森冷靜宣告。「果眞如此，愛麗絲的死刑，等於妳在現實世界的死亡。」

5

「拜託你幫幫我。」愛麗絲懇求比爾。

「我很想幫妳，但不曉得怎麼辦。」比爾的語氣缺乏自信。

「你眞的是井森君嗎？」

「大概吧。我記得自己在地球上叫井森。可是怎麼說，感覺十分不眞實。」

森林裡不方便交談，爲了避人眼目，或者該說避「獸」眼目，愛麗絲和比爾來到海岸。

不過，這一帶也並非是無人——無獸——地帶。不遠的砂丘陰影處，可看到獅鷲和假海龜的身影，一旁的海象在哄騙牡蠣的小孩。連這些小事都要介意，很難在不可思議王國保持精神正常。雖然這裡根本沒有精神正常的人。

「你提到地球，這裡果然不是地球啊。」

註：日本知名電玩遊戲「勇者鬥惡龍系列」裡，國王斥責全軍覆沒的玩家的經典台詞。

「也不一定啦。噯，這裡長得是不大像地球。」

「你果然和井森君不大像，井森君聰明許多。」

「那我可能不是他吧。」

「不過，你有井森君的記憶吧？」

比爾點頭。「所以，我才會告訴妳暗號。」

「為何覺得栗栖川亞理是我？」

「根據我和蛋頭人的假說，不可思議王國的居民和地球人有所連結。」

「這一點我聽過。」

「蛋頭人在這邊和那邊都找機會和別人敘述夢境，暗想會不會出現像我一樣回應他的人。」

「成果如何？」

「不是很明確，幾個人反應挺奇妙，有的當下露出驚訝的表情，有的會細問夢的內容。」

「沒告訴那些人你們的假說嗎？」

「我們不確定突然公開是否妥當。萬一這是陰謀，我們會惹上麻煩。」

「搞不好會遭到滅口。」

「我們非常慎重地整理出一份名單。包括可能與那邊有關的人員名單，及對應身分的預測圖。」

「方便讓我瞧瞧嗎？」

「我沒帶來，放在地球上。」
「想帶也沒辦法吧。」
「只能把內容全部背起來。」
「等我們在地球醒來後，再讓我看吧。所以，我也在你們的名單上？」
「不，名單上沒有妳。」
「那你爲何告訴我暗號？」
「我賭了一把。」
「賭？」
「愛麗絲和栗栖川亞理的感覺非常相似。況且，妳也不像陰謀家。」
「你有什麼根據嗎？」
「沒有啊。」
「所以，你只是碰運氣？」
「只是碰碰運氣。目前我試過幾十個人，妳是唯一中獎的。」
「咦，我不是第一個嗎？」
「妳是第一個啊。妳是第一個正確回我暗號的人。」
「不是啦，我是問，在我之前，你告訴過很多人暗號嗎？」
「大概四十個人吧？」
「然後，對上暗號的只有我一個人？」
「沒錯。」

「那你剛剛提到的那份名單，根本一點都不準確。」
「噯，就是這麼回事。」
「你突然就衝著那些人說『那蛇鯊——』嗎？」
「這組暗號是妳專用的，我會告訴其他人不同的暗號。」
「反正都是類似的沒頭沒腦句子吧。」
「普通的句子不能當暗號。」
「對方不會感到困惑嗎？」
「遇到這種情況，我就若無其事地繼續聊天，對方大多會以爲是聽錯。」
「不是每個人都這麼配合吧？」
「的確有人會咬著不放，追問『剛才那句話是什麼意思』。不過，只要回答『我沒說那句話』，擺出受到冒犯的表情看著對方，對方就會知難而退。」
「這未免太過分。」
「不會，緊咬不放的僅有極少數的人。雖然心裡有點悶，我倒不覺得他們過分。」
「我不是指他們過分，而是你。」
「咦，爲什麼？」
「還問我爲什麼，眼前的人突然冒出一句莫名奇妙的話，你問是什麼意思，對方卻一副錯在你的態度，你能接受嗎？」
「在不可思議王國，大家都這麼做啊。」
「嗯，也對，在這個世界是普遍情況。抱歉，是我不好。」

「我不介意，是人都會犯錯。」

「總之，你只找到我一個人。」

「是有幾個人挺可疑。」

「眞的？爲何覺得他們可疑？」

「因爲他們聽到暗號後的態度。他們低著頭，一臉苦惱。」

「我懂他們的心情。」

「我不懂。我都告訴他們暗號了，幹嘛不回答。」

「一旦回答，他們就再也無法回頭。」

「無法從哪裡回頭？」

「從這個奇怪的世界。」

「可是，知道暗號的原本就是這個世界的居民，沒什麼好回頭不回頭的啊。」

「雖然是這樣，不過他們在地球的時候，應該不記得這個世界的事。」

比爾點頭。「嗯，是忘得一乾二淨。偶爾想起來，也只覺得是一場夢。」

「所以，當他們發現那不僅僅是一場夢，會感到害怕。」

「可是，待在這個世界的時候，沒人覺得自己在做夢。」

「對，這就是奇妙的地方，關於地球的記憶反倒缺乏眞實感。」

「而且，待在這裡，會覺得在地球是一場夢。」

「對了，你反過來操作如何？」

「反過來操作什麼？」

「不是在這個世界告訴他們暗號，而是在另一個世界告訴他們。」

「唔，他們不會把我當成怪人嗎？」

「在這裡你就不擔心嗎？」

「反正這裡大家都很奇怪，沒關係。」

「是啊。所以，聽到暗號應該會自在地回答你。」

「原來如此。」比爾不禁拍手。「我以前怎麼沒想到呢？可是，在地球提議定暗號，對方不會很疑惑嗎？」

「這一點得想個辦法。」

「比如？」

「說是電玩遊戲的密碼如何？」

「一個成年人，會突然向另一個不熟的人說『這是電玩遊戲的暗號，你要記好』嗎？」

「不然，你乾脆直接走近這個世界可疑的人——或動物，主動開口：『嗨，你好，其實我是井森。你是不是○○？』」

「這樣我會被當成怪人……不過無所謂，反正是在這個世界。」

「如此簡單的辦法，你以前沒想到嗎？」

「沒想到。井森對這個世界的記憶少了一點眞實感，比爾又是這副德性。」

「哪副德性？」

「大笨蛋一個。」

「原來你有自知之明。」

「地球的記憶漸漸清晰後，我才發現的。看來就算是互為連結的兩個人，雙方的性格和能力仍有相當程度的差異。」

「就是這點令我頭痛。」

「可是，愛麗絲和亞理給人的感覺很一致。」

「是嗎？不過……」

「啊！」

「怎麼？」

「我想到一個人選，可以試試妳提議的方法。」

「誰？」

「白兔。」

「白兔先生？」愛麗絲表情糾結。「就是提供不實證詞，說看見我的那隻白兔？」

「如果得知他在地球的身分，便能搞清他的目的。況且，他不一定在撒謊。」

「你認為我是凶手？」

「還不確定。」

「聽來你十分懷疑我？」

「問題在於，妳和白兔我到底該相信誰？我和妳確實是朋友，白兔卻是我的雇主。」

「這種情況與私人情誼無關。」

「那我不相信妳也沒關係嘍。」比爾毫無顧忌地說。

「好吧，去見白兔一面。我們在路上想一想，地球上誰可能是白兔。」

兩人離開海岸，往森林前進。

毛毛蟲看見兩人，說了一些話，但兩人視若無睹，徑直走向白兔家。

毛毛蟲經常提供一些有幫助的建議，缺點就是話速慢得令人惱火，今天實在沒空陪著閒扯。

抵達白兔家，一名中年女子捧著厚厚一疊書步出玄關。

「哎呀，早啊，比爾。」

「早，瑪麗安。白兔在嗎？」

「在。不過，他心情有點差。昨天瘋帽匠和三月兔盤問他到很晚。」

「是嗎？愛麗絲也被當成嫌犯，接受盤問真辛苦啊。」比爾瞥愛麗絲一眼。

愛麗絲忍不住嘖舌。

比爾一副說錯話的表情，心虛地垂下頭。

瑪麗安看著兩人，露出微笑。「愛麗絲小姐，妳現在的立場似乎頗尷尬，但我想一定有證明妳清白的方法，加油。」

「謝謝，妳是第一個鼓勵我的人。」愛麗絲伸出手。

「沒這回事，比爾也一直在幫妳忙啊。」瑪麗安大方回握。

「瑪麗安，妳每天都讀這麼多書嗎？」比爾突然提起不相關的話題。

「咦，你是指這些書？這不是我的書。我是要去還白兔主人向公爵夫人借的書。」

愛麗絲瞄書背一眼，淨是包含「Nekros」、「Eibon」之類看似拉丁文詞彙的奇妙書名。

「白兔主人在多方調查這個世界的祕密。」

「我也對祕密有興趣，才會和愛麗絲在一起。要是能揭曉殺人命案的祕密，想必很酷。」比爾應道。

「他就是這樣。」愛麗絲聳聳肩。「比爾纏著我，純粹是好奇。」

「即使如此，總比沒有任何盟友好。他肯定能幫上妳的忙，我有預感。」瑪麗安再次握住愛麗絲的手，便走向公爵夫人的宅邸。

愛麗絲打開大門，快步進入白兔家。

比爾慌慌張張緊追在後。

「這裡眞令人懷念。」比爾感嘆。

「懷念？你不是這裡的傭人嗎？」

「不是啦，我是說和妳一起待在這棟房子，感覺很懷念。」

「是嗎？」

「我們第一次見面不是在這裡嗎？」

「可是，當時我們根本沒對上視線。」

「畢竟當時妳有一公里高。」

「怎麼可能，頂多十公尺。」

白兔坐在椅子上，面對書桌寫字。

「你好。」比爾呼喚。

白兔抬起臉，應一句「回來啦」又低下頭。

「欸，我們有件事想請教，方便打擾一下嗎？」比爾站到白兔身旁。

「等等，老夫正在寫一份重要的報告。」

愛麗絲和比爾足足等待三十分鐘。

白兔握筆的手卻沒停下的跡象。

比爾按捺不住，再次開口：「噯，還需要很長時間嗎？」

白兔驚詫地望向他們。「咦，你是誰？」

白兔忘記比爾是誰？難不成癡呆了？

「又來了嗎？」比爾嘆一口氣。「請仔細聞聞。」

白兔鼻子抽動，嗅聞著空氣。「噢，是比爾。爬蟲類體味特別淡，就是麻煩。」

「所以，不要光靠氣味，你應該好好戴著眼鏡。」

「依賴眼鏡，只會意識到看得見的東西。人也一樣。」

「啊，我想起造訪的目的。你在地球上是人類吧。」

「地球？那是什麼？」

「就是地球啊，另一個世界。我在那邊的身分是井森建，你是哪位？」

白兔眼睛瞪得老大，從椅子跌落。

「哎呀，你不要緊吧？」

「你在說什麼啊。」白兔低喃。

「我說『你不要緊吧』。你剛剛從椅子上跌下來。」

「不是這句，再前一句。」

「噢，我說『你應該好好戴著眼鏡』。」

「不對，是中間那一句。」

「哪裡的中間？」

「『不要緊』和『眼鏡』的中間。」

「那個地方不太好找。」比爾指著白兔的眼鏡。「眼鏡在這裡，不會錯。然後，必須找到『不要緊』才行。接著，還得找到他們中間的地方。」

「夠了，剛剛你提到井森什麼的……」

「噢，我在地球的身分是井森。」

「你是隻蜥蜴，絕非蠑螈(註)。」

「不是啦，我是指姓氏『井森』，水井的『井』，三個木的『森』。」

「這個世界沒有漢字。」

「也對。嗳，我現在說的是哪種語言？」

「我只曉得你現在說的確實不是日語。」愛麗絲回答。「比爾，你會說日語嗎？」

「唔……我、會、說、日、語、嗎……我會。」

「你是一個字一個字分開說的。」

註：「井森」和「蠑螈」的日文發音皆為「Imori」。

「眞奇怪，我是在日本出生的啊。」

「不對，比爾，你是在不可思議王國出生，在日本出生的是井森建。看來，比爾和井森建果然不是同一個人。」

「所以，我是井森建的阿梵達，我們的意識互相連結，可是包括語言能力在內，我和他擁有的能力並不一樣。」

「你們討論的事毫無意義，那不過是在做夢。」

「不，我們認爲地球確實存在。」愛麗絲反駁。

「證據呢？」

「若是做夢，我和比爾怎會知道地球？」

「一定是你們夢到的。」

「如果這個夢是你和我們共同擁有的，不就能視爲現實？」

「不可能共有一個夢，不過是三人偶然做了相同的夢！」

「持續好幾年，這不會是偶然。」

「不管你們怎麼說，老夫都不會相信。」

「那我證明給你看。」

「要是辦得到，妳就試試。」

「首先，告訴我你的名字。」

「名字？不曉得這算不算，平常大家都喊老夫『白兔』。」

「不對，是你私人的名字。你在地球上的名字。」

「那只是在做夢，根本沒意義。」
「若是沒意義，說出來也無妨吧。」
「妳為何想知道這種事？」
「證明地球的一切不是一場夢。快，說出你的名字。」
「李緒……」
「咦？」愛麗絲不禁懷疑自己的耳朵。「剛才你說什麼？」
「李緒……田中李緒。」
「田中李緒！」
「對，但這些是沒意義的字。」
「妳認識嗎？」比爾問。
愛麗絲點頭。「她是大栗栖川亞理一屆的學姊。」
「咦，白兔在地球上是女孩嗎？」比爾似乎十分吃驚。「原來連性別都可能不一樣。」
「在夢裡改變性別哪裡奇怪？」白兔一臉不悅。
「你知道井森君吧？」愛麗絲問。
「可是，比爾似乎不認識李緒。」
「但我認識。你知道栗栖川亞理吧？」愛麗絲接著道。
「是研究室的學妹。你們為何提起這個名字？」
「她在地球上就是亞理。」比爾回答。

「騙人！」

「幹嘛騙你？這下一切都明朗了吧。」

「不，老夫不相信。」

「剩下的在地球繼續吧，那邊的人腦袋比較清楚。」

「可是，對這個世界的記憶會變得模糊。」比爾有些擔心。

「那還是把該問的部分弄明白吧。」愛麗絲應道。

「唔，蛋頭人遇害的時候……」比爾提問。

「老夫向瘋帽匠交代不止一次，恐怕超過八百次了！」

「你告訴他們，蛋頭人遇害前，有人進入庭園。」

「對，那人行凶後逃出庭園。」

「那是誰？」

「不管問幾次，老夫只有一個答案，進入庭園的是愛麗絲。」白兔瞥愛麗絲一眼。

「老夫絕沒撒謊。」

「冷靜想想。」愛麗絲盡量保持鎮定。「你的發言非常重要。你能保證其中沒任何誤會嗎？」

「絕不是誤會，老夫有自信。」

「這樣一來，愛麗絲就成爲殺害蛋頭人的凶手。」

「那又怎樣？誰也無法改變事實。老夫有非包庇愛麗絲不可的理由嗎？」

「你們不是老朋友嗎？」比爾疑惑。「唔，那是什麼時候？」

「第一次見到愛麗絲是在……記不清，好像出了點差錯，老夫快遲到。那應該是在前往公爵夫人家途中。」

「當時你忘記帶手套和扇子。」

「沒錯，多虧妳幫忙 」白兔感觸良深地望著愛麗絲。

「總算想起了嗎？」比爾問。

「嗯……」白兔一副深思的表情。「比爾，能不能暫時離席？」

「好啊，要我離開哪一張椅子？」比爾環視屋內。

「這傢伙眞的是井森嗎？」

「雖然才智和井森君差距太大，但似乎沒錯。倒是你也和李緒學姊不怎麼像。」

「比爾，能不能離開這個房間片刻？」白兔直接易懂地重問一遍。

「好啊。可是，爲什麼？」

「老夫有件事要和她說一下。」

「咦，什麼事？」

「要是想告訴你，何必請你出去？這點道理你不懂嗎？」

「可是，不告訴我是什麼事，無法決定要不要答應。」

「別再廢話，快出去。」白兔指著門。「當然也不能站在門外偷聽，到走廊最盡頭等著。」

「明白，我出去就行了吧。」比爾不情不願地答應，轉向愛麗絲央求：「待會妳再告訴我是什麼事。」

此時，玄關的門打開。

瘋帽匠和三月兔風風火火地闖進來。

「喂，關於蛋頭人的命案，老夫應該都和你們交代完了吧。」

「嗯，蛋頭人一案是交代完了。」瘋帽匠瞄向愛麗絲。「這次是爲別的事。」

「公爵夫人又說什麼？眞是受夠那位大人的任性。」白兔嘆氣。

「我有同感。不過，今天我也不是爲此上門。其實，我不是來找你的。」

「那是有事要找我？」比爾問。

「我也沒事要找愚蠢的爬蟲類。」

「那你要找誰？」

「在場的人不多，既不是白兔，也不是你，那還剩誰？」

「我知道了！」比爾喊道。「是三月兔！」

「咦，是俺？」三月兔指著自己。「不是俺！相信俺！俺沒殺人！」

「殺人？又發生命案？」愛麗絲問。

「對，所以我才會過來。我要請妳配合偵訊。」瘋帽匠指著愛麗絲。「就在剛才，獅鷲被殺了。」

6

「篠崎教授死了。」田中李緒開口。

「那他會是獅鷲嗎？」亞理問。

兩人在學生室一角壓低音量交談。

「從時間上來看，九成九沒錯吧。」

「死因是什麼？」

「聽說是牡蠣中毒。」李緒回答。

「有他殺的嫌疑嗎？」

「警方大概會判定沒有。雖然可能是有人故意設計，害他吃下不新鮮的牡犡。」

「眞詭異，哄騙牡蠣的明明是海象。」亞理疑惑。

「可是，實際吃下肚的卻是獅鷲。」

「假海龜和海象不是目擊者嗎？」

「他們在閒聊中發現共通點，便丟下獅鷲，跑去喝酒。」

「那兩隻究竟會有什麼共通點？」

「那天是他們的非生日。」

亞理不禁嘆氣。

「獅鷲怎麼沒一起去？」

「很遺憾，那天不是獅鷲的非生日。」

「那天是他的生日啊，眞是不走運的傢伙。」

「獅鷲不走運，愛麗絲同樣不走運。」李緒應道。

「咦，爲什麼？」

「繼蛋頭人後，她又揹上殺害獅鷲的嫌疑。」

「她有不在場證明。」

此時，井森恰巧走過來。

「嗨，兩位。咦，栗栖川同學，今天怎麼一副沒睡飽的樣子？」

「昨天聊得太晚。」

「夜遊最好適可而止。」

「才不是夜遊，我一直在家裡。」

「哦？我以爲妳是一個人住。妳和家人一起住？還是，和男友？難不成妳結婚了……」不知爲何，井森的表情有些悶悶不樂。

「我一個人住。」

「昨天晚上剛好有客人來訪啊。」

亞理搖頭。「不對，是我的家人。」

「方才妳說一個人住。」

「哈姆美是我的家人。」

「聽這名字，妳指的是倉鼠？」

「嗯，沒錯。」

「妳和倉鼠聊了幾個小時？」

「差不多兩、三個小時。」

「這是常有的事嗎？」

「什麼事?」

「和倉鼠聊天。」

「我每天都會啊。」

「我們不是在不可思議王國,是在現實世界吧?」井森確認。

「你還裝傻!」亞理不滿地噘起嘴。「誰教你靠不住,事態才變得這麼麻煩。」

「靠不住?我?」

「你爲何不作證,告訴他們『我一直和愛麗絲在一起』。」

「妳在講什麼?」

「獅鷲被殺了。」

「這我知道,他眞不走運。」

「篠崎教授也死了。」

「聽說死因相同。」

「這表示獅鷲是篠崎教授的阿梵達吧。」

「依狀況研判,恐怕是如此。」

「可能是同一個凶手犯下的連環命案。」

「那位偵探似乎也這麼認爲。」

「偵探是指瘋帽匠嗎?」

「他和三月兔。」

「抱歉,打斷你們。」李緒開口。「我的實驗時間到了,要先走一步。」

「嗯，如果想到什麼，請告訴我。」

「好。」李緒離開學生室。

「瘋帽匠認爲連環命案的凶手是誰？」亞理回到話題上。

「當然是愛麗絲。畢竟她是殺害蛋頭人的嫌犯，理所當然會懷疑她。」

「可是，這次有完美的不在場證明。」

「如果妳的話屬實，凶手就另有他人。」

「說得事不關己，但證人就是你啊。」

「不可能。我是現實世界的人，在不可思議王國發生的案子，我不能當證人。就算要當證人，也是由我的阿梵達——蜥蜴比爾來當。」

「那就是你阿梵達的責任。」

「他有什麼責任？」

「比爾有責任替愛麗絲作證。」

「怎麼講？」

「獅鷲遇害當天，愛麗絲和比爾在海岸交談。」

「我有印象。」

「然後，兩個人在海岸看見獅鷲。」

「這我記得，假海龜和海象也在場。他們給出相同的證詞，說獅鷲、愛麗絲、比爾、牡蠣的小孩都在海岸。」

「也需要牡蠣小孩的證詞吧？」

「沒辦法，早被獅鷲吃掉。」

亞理按著額頭。「太可憐了。那件案子也會起訴嗎？」

「因爲吃牡蠣被起訴？別說傻話。」井森哼笑一聲。「照妳這麼說，根本無法做飯。」

「可是，在現實世界和牡蠣小孩互相連結的人會一起死去。」

「那八成是篠崎教授吃的那些牡蠣吧。後來呢？」

「愛麗絲和比爾直接前往白兔家。」

「我隱約有印象。」

「隱約？」

「對，隱約。」

「不敢相信。這是什麼意思？」

「字面上的意思。妳不能小看比爾。我不誇張，那傢伙的記憶力近乎是零。」

「……總之，愛麗絲和比爾造訪白兔家，找白兔問話。」

「這我也記得。」

「接著，瘋帽匠和三月兔上門，告知『獅鷲遭到殺害』。」

「這我也記得。」

「瞧，很完美吧。」

「什麼完美？」

「不在場證明啊。」

「是嗎？」

「還有比這更完美的不在場證明嗎？兩個人一起看見活著的獅鷲，然後一起聽到獅鷲的死訊。兩個人一直在一起，愛麗絲根本沒有向獅鷲下手的機會。」

「兩個人一直在一起？真的嗎？」

「這不是事實嗎？」

「唔……」井森輕輕敲著腦袋。「好像是，又好像不是。」

「你是什麼意思？」

「欸，我記得兩個人一起在海岸看見獅鷲，也記得一起去白兔家。可是，中間發生的事情，記憶很模糊。」

「哪裡模糊？不就是兩個人穿越森林前往白兔家嗎？」

「噯，這是最自然的情況。不過，也可能發生其他情況。愛麗絲搞不好向比爾提議『我們在白兔家會合』，分頭行動。」

「你有這樣的記憶？」

井森搖頭，「完全沒有。」

「那不就沒發生那種情況。」

「不能這樣斷定。畢竟比爾是超級大傻瓜，經常忽略許多事。」

「跟那傢伙合作，到底能不能查明真相，我非常不安。」

「不用擔心，我不像比爾那麼笨。」

「可是，你沒有能幫忙作證的記憶吧？」

「誰教井森建只存在於現實世界。」

「那你就幫不上忙了。」

「或許是這樣。對了，有件事我應該告訴妳，聽完會感到些許欣慰。」

「怎麼說？」

「即使比爾眞的記住妳的不在場證明，也幫不上忙。」

「爲什麼？」

「大家都知道比爾是笨蛋，沒人會認眞看待他的證詞。」

「多謝你的安慰。」

「不用客氣。」

「既然比爾的記憶和證詞都派不上用場，我們去篠崎研究室搜集新證據吧。」

「我們到底該怎麼辦？」廣山横子副教授蹙起八字眉。「篠崎教授突然去世，完全是意料之外的事。」

「總之，必須先出席明天的葬禮，然後得準備下個月的學會。」田畑順二助教看著備忘錄應道。

「唉，事情眞多。先有葬禮，後有學會。」廣山横子副教授眉尾愈來愈下垂。

「呃，葬禮和學會是兩回事。我們不是遺族，穿喪服帶奠儀去上香就行。」

「是嗎？所以葬禮不成問題啊。」

「問題出在學會那邊，他們請篠崎教授主持特別講座。」

「怎麼辦？回絕對方，還是找人代理？」
「受邀的是篠崎教授，隨便找人代理不太妥當。請教學會的事務處如何？」
「你覺得他們會怎麼回覆？」
「很難說。可能會邀和篠崎教授相同研究領域的學者，或請我們找人代理。」
「如果要我們找人代理怎麼辦？」
「按理，應該由廣山老師出馬吧？」
「我嗎？那我該如何是好？」
「請冷靜，篠崎教授可能早備妥簡報資料，問問久御山祕書吧。」
「要是他沒準備怎麼辦？」
「篠崎教授似乎已提交大綱，以此爲基礎，完成簡報就行了吧？」
「那簡報誰來做？」
「擬好標題架構，久御山祕書應該有辦法。」
「那標題架構誰來擬？」
「我想由您來擬最合適。」
「咦？」廣山副教授眨眨眼。
「沒問題吧。」
「呃……嗯，這樣也行。不過，你一起想想吧。你知道的，我很忙。」
亞理故意咳一聲。
「對了，原案你來想，我看過再修正。」廣山副教授似乎沒聽見亞理的咳嗽聲。

「哈啾！」井森打一個大大的噴嚏。
廣山副教授瞄他一眼，沒特別在意。
「誰去聯絡事務處？你嗎？或是久御山祕書？」
「哈啾！哈啾、哈啾！」井森又打幾個噴嚏。
廣山副教授不再出聲，直視井森。「你幹嘛？感冒？」
「大概是有人在別處聊到我吧。」井森笑咪咪。
「別把感冒傳染給我，我可是很忙的。」然後，她轉頭問田畑助教：「這孩子是大四生，還是研究生？」
「不曉得。」
「什麼意思？你連自己研究室的學生念幾年級都不曉得嗎？」
「他們不是篠崎研究室的學生。」
「咦，不是嗎？那他們是……？」廣山副教授彷彿此刻才注意到亞理。「你們是誰？」
「她是中澤研究室的栗栖川同學，我是石塚研究室的井森。」
「哦，都是我們系上的學生。你們來找朋友？」
「不，我們想詢問有關篠崎教授的事。」
「篠崎教授過世了。」
「我知道。」
「除此之外，我沒其他的事能告訴你。」

「您曉得教授的死因嗎？」

「聽說是吃太多牡蠣。」

「廣山老師，」田畑助教插嘴：「不是吃太多，是食物中毒。」

「死因有沒有可疑的地方？」

「什麼意思？」

「我們想知道，教授真的是偶然食物中毒嗎？」井森單刀直入。

「我愈聽愈迷糊。」

「會不會是有人讓他吃下那些牡蠣？」

「你是指，有人逼篠崎教授吃下腐壞的牡蠣？不無可能，但吃下那種東西一般人都會吐吧。況且，誰會這麼整他？」

「不是整他，這是謀殺。」

「謀殺？用牡蠣殺人？誰會用這麼麻煩的方法殺人？」

「不只麻煩，還不切實際。」田畑助教似乎也不相信。

「聽起來確實難以置信。」井森直截了當地說。「不過，在另一個世界，這種事司空見慣。」

「另一個世界，是哪個世界？」廣山副教授問。

「您覺得是哪裡？」井森凝視廣山副教授。

「哪裡？」廣山副教授回望井森。

「請直接說出您心中的答案。」

「一定是外國吧，像是對牡蠣有迷信的國家……等等，爲何我得回答這種謎語？」

「我是蜥蜴比爾，這下您有沒有想到什麼？」

廣山副教授臉色驟變。

「咦，蜥蜴？這是謎語嗎？還是，你在整我？我現在很忙，要玩整人遊戲去找別人吧。」

「請等一下。」田畑助教出聲。「眞怪，我想起一件奇妙的事。」

「什麼事？」亞理問。

「度度鳥（Dodo）。」

「你在安撫馬匹嗎（註）？」廣山副教授問。

「不是啦，這是我的名字。」

「你叫田畑度度鳥？」

「不。不是在這裡，度度鳥是我在另一個地方的名字。」

「外國？」

「在同一處繞圈跑，衣服就會吹乾。這是你教我們的訣竅。」亞理說。

「誰的衣服濕掉？」廣山副教授的話聲透著不耐煩。

「我的衣服現在不濕了。」田畑助教應道。「不，那大概只是一場夢吧。」

「如果只是一場夢，我們怎會曉得內容？」井森質疑。

註：日本人安撫馬匹時，使用的擬聲語發音爲「Doudou」。

「因爲眼下我也在做夢。」

「眼下不是夢。」廣山副教授反駁。「至少不是你的夢。若真有可能，也是我在做夢。不過，恐怕不是。在夢中發現自己在做夢，人大抵都會醒來。」

「現實世界的人與不可思議王國的人互有連結，我們稱爲『阿梵達現象』。田畑助教，篠崎教授就是獅鷲。不，應該說，篠崎教授在不可思議王國的阿梵達是獅鷲。」

「怎麼可能，你有證據嗎？」

「證據……沒有，我們只有記憶。」

「所以，你想說『你做的夢是實際發生過的事，證據就是我的記憶』嗎？」廣山副教授哼笑一聲。

「或許您無法相信，但仔細聽我們解釋，便能明白……」

「等一下！」廣山副教授像是想起什麼，雙眼閃閃發亮。「我記得！」

「您想起不可思議王國的事？」

「就是夢裡發生過的事，也不算記得。這和實際體驗完全不一樣。」

「那是怎樣的夢？」

「我記不清，夢裡有誰喊我『男爵夫人』，還是『伯爵夫人』之類的。」

「公爵夫人！」「公爵夫人！」「公爵夫人！」井森、亞理和田畑助教同時喊道。

「對，就是公爵夫人。」

「您有個小寶寶吧？」亞理問。

「不要破壞我的名聲。我仍單身，而且不是未婚媽媽。」

「不是未婚，畢竟您是公爵夫人。」

「噢，妳說在夢裡……小寶寶……這麼一提，似乎沒錯。」

「雖然……那其實是隻小豬。」

「小豬？妳未免太沒禮貌，那孩子長得可漂亮了。」

「您不是記得挺清楚的嗎？」井森應道。

「這眞的是我的記憶嗎？感覺更像在與你們的交談中漸漸想起。」

「下次我們在不可思議王國向公爵夫人搭話吧。」

「拜託不要。唔，你是井森吧。」

「對。」

「然後，田畑是度度鳥。」

「對。」

「那她呢？」

「她是愛麗絲。」

「這麼莫名奇妙的組合，身爲公爵夫人的我怎能理會？」

「以我們在現實世界的關係，沒那麼彆扭吧。」

「不行，在那邊要尊重那邊的規矩。不然，在女王面前我無法做表率。」

「妳很在意女王嗎？」

「當然，她是我的對手。」

「對方大概只視您爲臣下吧。」

「不，她暗地裡對我另眼相看。」

「您怎麼知道？」

「我自然知道，我可是公爵夫人。」

「您承認自己是公爵夫人了。」

「嗯，雖然我仍認爲這是一種錯覺。」

「總之，請暫時將不可思議王國當成實際存在吧。」

「爲何有這必要？」

「我們想知道獅鷲的死因。」

「獅鷲的死因我不清楚，但篠崎教授是病死，這一點毋庸置疑。」

「他和王子同學有任何關聯嗎？」

「王子？誰？」

「先前墜樓身亡的博士生。」

「噢，發生過這種事故啊。」

「王子同學就是蛋頭人。」

「那個雞蛋？我聽說他是遭到殺害？」

「恐怕是的。」

「凶手……」廣山副教授望向亞理，「謠傳是愛麗絲。」

亞理點頭。「而且，我甚至揹上殺害獅鷲的嫌疑。」

「若獅鷲眞的是遭到殺害，當然會懷疑妳。畢竟妳殺過一個人——一個雞蛋。」

亞理搖頭。「愛麗絲沒殺人。」

「妳能證明嗎？」

「目前沒辦法，所以我們才進行調查。」

「有什麼好調查的，王子死於自殺或意外，篠崎教授是病死，都不構成案件。」

「在現實世界是這樣。」井森解釋。「可是，在不可思議王國並非如此。」

「那你們應該在不可思議王國調查吧。夢中犯罪的證據，怎麼可能在現實裡找到？」

「那不僅僅是夢，是有實體的夢。」

「實體？在哪裡？」

「在我們的記憶中。」

「記憶？我不是指這種曖昧的東西，而是具體的物證。」

「證詞也是一種證據。」

「哪個國家的法庭會採用『關於夢的記憶』當證據？」

「這個嘛……」

「你們提到的事我確實有印象，這個假設也挺有趣。可是，夢就是夢。即使有記憶，和現實依舊沒關係。忘掉那些事，在現實裡好好過日子吧。」

「妳要我們當成做夢，忘掉那些事？」

「不然怎麼辦？難不成要爲在夢中世界的謀殺罪起訴妳？」廣山副教授指著亞理。

「我不是凶手。」

「妳剛剛說過。不過，是不是都沒差，反正那發生在夢中國度。」

「跟現實並非毫無關係。」井森解釋。「王子同學和蛋頭人、篠崎教授和獅鷲，兩組的死亡是連鎖的。」

「那是放馬後炮。說起來，這兩組到底是不是真的有所連結，都還很可疑。」

「至少王子同學和蛋頭人的關係是眞的。」

「你怎麼知道？」

「當事人自己承認的。」

「當事人已死，死人是不會說話的。聽你的語氣，篠崎教授那組純粹是你的推測吧。」

「可以這麼講……」井森咬住嘴唇。

「那就是你的推測。」

「如果愛麗絲涉嫌殺害兩人遭到處刑，栗栖川同學會有生命危險。」

「跟我沒關係。若是發生在現實世界，或許多少有關係，但我沒空奉陪調查夢中世界的命案。就這樣吧，接下來我和田畑助教要開會，能不能請你們離開？」

「廣山老師，等一下。」田畑助教開口。「學生來尋求協助，怎能棄他們不顧？況且，這攸關性命。」

「那你就替他們想想辦法吧。當然，要以我交給你的工作爲優先，處理完想做什麼是你的自由。」

「今天五點以後見。」田畑助教向兩人約定。

「不行，有這種時間和精力就來幫我，葬禮和學會要處理的事很多。」
「您剛剛不是同意，工作完成可以幫他們……」
「你根本還沒完成我交代的工作，我們至少要忙到下個月的學會結束。何況，即使學會結束，仍有堆積如山的工作。」
「這麼一來，我不就沒辦法幫他們。」
「看來是如此。好了，你還不快去整理資料。」
「等一下！」亞理突然大喊。「這件事也和您有關，公爵夫人！」
「我在現實世界不是公爵夫人。」
「女王委託您管理庭園。」
「不是女王下令我才接下這份工作，我只是好心替她管理。」
「可是，在您的管理下卻鬧出命案。」
「這根本不關我的事。」
「女王可能不這麼想。」
「妳說什麼？」
「在女王眼裡，這是您的責任。她會叱責您，甚至將您斬首。」
「那是女王的口頭禪，實際上根本沒人被砍頭。」
「所以，如果只是叱責，您可以忍受？」
「唔，她不會叱責我。叱嘖朋友未免太奇怪，不過，她可能會抱怨兩句，這倒是挺鬱悶的。」廣山副教授蹙起眉。

「要是您肯協助調查，等案子解決，我們會當成您的功績呈報上去。」

「哎呀，眞的嗎？」廣山副教授的表情變得柔和。「若不會花太多時間，聊聊無妨。」

「在現實世界沒空，我們可以在那邊的世界談。」

「公爵夫人和你們這群卑下的人混在一起，才會引起女王懷疑，在這裡談吧。還有，希望僅此一次。不斷重複相同的話，我受不了。」

「當然，沒問題。」亞理應道。「井森君，麻煩你。」

「咦，我來問嗎？」

「雖然不甘心，但不管是分析能力或直覺，你都比我優秀。由你說明較合適。」

「如果這番話是對比爾說，他會興奮得手舞足蹈吧。」

「我才不會對他說。基本上，我不會拜託比爾這種事，對他太困難。」

井森聳聳肩。「那麼，請教廣山老師，最近篠崎教授有沒有讓您在意的異狀？」

「沒什麼特別的。硬要說，就是他似乎又胖了一些？」

「篠崎教授屬於肥滿體型吧。」

「他胖得不得了，即使沒食物中毒，離腦中風、心肌梗塞恐怕也不遠。比起王子同學，篠崎教授更像蛋頭人。」

「本尊和阿梵達的體型和性格不一定一致。王子同學和蛋頭人有明顯的共通特徵，但篠崎教授和獅鷲並非如此。」

「你和比爾也不怎麼像。」

「謝謝，我會當成讚美。下一個問題，篠崎教授曾提起王子同學嗎？」

「我想是不曾。田畑，對吧？」

「嗯，我也沒印象。」

「是嗎？唔，在那邊的世界，您見過獅鷲和蛋頭人嗎？」

「我和獅鷲那些怪物毫無交集，蛋頭人倒是見過一、兩次，但沒說上話。如果有事，應該都是透過白兔轉達。」

「您和白兔親近嗎？」

「要說親近，算是挺親近的吧？嗳，我不記得對他是什麼感覺，好像是挺能幹的僕人？雖然他老忘東忘西。」

「他記性那麼差，辦事牢靠嗎？」

「不要緊，白兔有瑪麗安幫忙。她挺能幹。」

「在您的交友圈裡，有沒有疑似不可思議王國的人？」

廣山副教授搖頭。「完全沒有。不過，或許是我從未以這種角度看待他們。」

「您想和現實世界的白兔見一面嗎？」

「饒了我吧。」

「爲什麼？你們在那個世界明明那麼親近？」

「我們在這邊和那邊的關係有微妙的不同，見面不是挺尷尬？舉個例子，假使你和他在那邊是主從關係，在這個世界卻是朋友，那你要用什麼態度對待他？像你們原本關係就淡薄，反倒沒問題。」

「您不願意和我們一起調查嗎？」

「不願意。我很忙，夢中世界的命案怎樣都無所謂。」

「那以公爵夫人的身分呢？」

「你不是說案子解決後，會向女王報告是公爵夫人的功勞？要守信用啊。」

「您有自己是公爵夫人的認知吧。」

「與其說覺得自己是公爵夫人，更接近是自我的延長。雖然有記憶，意識的連續卻十分模糊。」

「除此之外，您還想到什麼嗎？」

廣山副教授微偏著頭。「沒有，這就是全部。」

「如果您想起什麼，能聯絡我們嗎？」

「不，剛不是提過我沒空？而且，我大概什麼也想不起來。」

「我知道了，沒關係。不過，要是調查有進展，能來向您報告嗎？」

「嗯，沒問題。到時你們再通知我，最好是寄電子郵件，我不想接電話。」

7

「我在找殺害獅鷲的凶手。」愛麗絲開口。

「意思是，妳在尋找自我？」瘋帽匠一臉訕笑。

「不，我不是在尋找自我，我找的是凶手。」

「看來，妳打算繼續擺出自己不是凶手的姿態。」三月兔笑得輕浮。

「你們認定我就是凶手吧。」

「噯，誰教妳是殺害蛋頭人的凶手。」瘋帽匠出聲。

「蛋頭人也不是我殺的。」

「那件案子罪證確鑿，有目擊證人。」

「他又沒看到我向蛋頭人下手。」

「噢，也對。可是，案發時只有妳和蛋頭人在場，白兔的證詞已夠充分。」

「我不在現場。」

「真是這樣，妳就提出證據。」

「既然這麼篤定，為何不馬上逮捕我？」

「我們在放長線釣大魚。」三月兔解釋。「搞不好能找到妳其餘罪行的證據。」

「其餘罪行是指什麼？」

「就是除了調查中的案子以外的罪行。」

「我不是想知道詞彙的意思，我在問你，其餘罪行是指殺害獅鷲嗎？」

「咦，妳真的殺了獅鷲？」三月兔的眼珠迸出。

「剛剛否認過，我沒殺他。」

「可是，妳方才確實說『其餘罪行是指殺害獅鷲』。」三月兔緊咬不放。

「咦，她招了？」瘋帽匠發出歡呼。「順利破案啦。」

「我沒說那種話。我沒殺害蛋頭人，也沒殺害獅鷲！」

「妳在兜圈子啊，趁早放棄吧。」三月兔抱怨。

「要招認根本沒犯的罪，我才不幹。」

「我們得打破僵局。」比爾開口。「這句話很艱深吧？帥不帥？我用對了嗎？」

「用是用對了，可是毫無幫助。」

「那妳給個提案啊。」比爾不滿地噘起嘴。

「唔……」愛麗絲陷入沉思。「首先，說明一下獅鷲死時的情況吧。」

「我們還想問妳呢。」瘋帽匠回答。「沒有目擊證人，當時的情況只有凶手知道。」

「我是指屍體的情況。」

「『死時的情況』和『屍體的情況』完全是兩件事。」比爾應道。

「是啦。」愛麗絲無力地承認。「剛剛是我不對。」

「三月兔，聽見沒？」瘋帽匠尖叫。「愛麗絲終於認罪！」

「強調過好幾遍，我沒殺人，也不是在招供。」

「但妳確實承認『是我不對』。」

「沒錯，不過，那句話跟蛋頭人和獅鷲的死無關。」

「搞什麼，眞失望。」三月兔一臉無趣。

「總之，先告訴我們屍體的情況。」

「其實沒什麼可說的。獅鷲倒在海岸，早就斷氣。」瘋帽匠回答。

「屍體上沒任何特殊之處嗎？」

「不知道。」

「你不是調查過屍體？」

「雖然檢查過，但沒看得很仔細，太麻煩了。」

「要是沒幹勁，爲何要接下搜查工作？」

「咦，誰接下搜查工作？」

「你們兩個啊。」

「是嗎？」

「不是嗎？」

「噯……」

「這麼一想，你們又不是警察，根本什麼都不是。」

「我們不是啊。」三月兔應道。「這不是廢話嗎？妳看過兔子當警察嗎？」

「妳看過帽子商人當警察嗎？」瘋帽匠附和。

「那你們爲何要進行搜查？」

「當然是覺得好玩。」瘋帽匠和三月兔搭著彼此的肩膀。

「什麼嘛，原來你們毫無權限。」愛麗絲傻眼。「既然如此，就算你們盯上我，也不必擔心會遭到逮捕。」

「那可不一定。」柴郡貓的臉突然出現在愛麗絲眼前三公分的地方。

「哇，嚇我一跳！你要現身，好歹說一聲。」

「先打招呼，不就嚇不到妳？」

「為何要嚇我？」

「當然是覺得好玩啊。」瘋帽匠、三月兔和柴郡貓搭著彼此的肩膀。

「看起來很愉快，讓我加入吧。」比爾提出要求。

「不行。」瘋帽匠立刻拒絕。

「爲什麼？」

「誰要和蜥蜴勾肩搭背？太噁心了。」

「眞過分。愛麗絲，幫我講講他們。」

「你不需要和他們一起嚇我。」

「可是，似乎挺好玩。」

「不能光憑好不好玩來採取行動。」

「愛麗絲，妳有比這更重要的事。」柴郡貓插話。

「發生什麼狀況？」

「有好消息，也有壞消息。」

「從壞消息開始說吧。」

「女王正式任命瘋帽匠爲連環命案的搜查官。」

「咦，俺呢？俺呢？」三月兔大聲嚷嚷。

「沒你的份。發情的兔子只會鬧場，派不上用處。」

「瘋帽匠的腦袋也不正常啊。」

「這裡的人大抵如此，不成問題。」

「喂，三月兔不是搜查官，就是好消息嗎？」
「怎麼會，那只是無關緊要的消息。」
「太棒了，還有好消息。」愛麗絲雙眼發亮。「是怎樣的內容？」
「公爵夫人對女王的決定提出異議，說『瘋帽匠打一開始就懷疑愛麗絲，這樣的人無法公正進行搜查』。」
「嗯，她人挺不錯的。」
「妳和公爵夫人很熟嗎？」柴郡貓問。
「我們和這個世界的公爵夫人不熟，不過，最近和另一個世界的她談過話。」比爾回答。
「什麼意思？說得詳細點。」瘋帽匠催促。
「就是……」比爾準備解釋。
「比爾，那件事暫且別透露。」
「沒關係，你說看看。」瘋帽匠瞪愛麗絲一眼。
比爾不禁猶豫。「愛麗絲，爲何不能透露？」
「告訴這些人，不曉得事態會怎麼變化。」
「到底是什麼事？」瘋帽匠語氣焦躁。
「等時機成熟再告訴你們。」
「爲了妳自己好，還是老實說出來。」
「多謝關心。不過，那件事與這個案子無關，別在意。況且，你搜查官的職位已遭駁回……」

「不，他的職位沒遭駁回。那是公爵夫人的建議，但女王喝斥她後，任命瘋帽匠爲特別搜查官。」

「這算哪門子好消息？」愛麗絲泫然欲泣。

「對瘋帽匠是好消息啊，他一直很想當搜查官。」

「太棒了，我成爲眞正的搜查官。」

「所謂的『好消息和壞消息』，指的是瘋帽匠的好消息和我的壞消息？」

「沒錯。」

「太過分了，這簡直是『壞消息和壞消息』。」

「『壞消息和壞消息』不是挺繞口？」柴郡貓鼓起雙頰。

「我有同感。」比爾附和。「『好消息和壞消息』絕對順口許多。」

「算了，別再計較這件事。瘋帽匠，我接受你搜查官的身分。」

「妳終於放棄了嗎？」

「你希望我放棄嗎？」

「當然。」

「那你先回答我的問題。」

「我回答後，妳就會放棄嗎？」

「聽過你的答案，我再決定。」

「妳想問什麼？」

「剛剛也提到，就是獅鷲屍體的情況。」

「我回答過，獅鷲倒在地上，身體沒有任何異狀。」

「沒有異狀的屍體是不存在的，就像沒有人是毫無特徵的。再仔細回想，有沒有哪裡不對勁？」

「這個嘛，硬要說……」瘋帽匠撫著下巴，「是牡蠣吧。」

「牡蠣怎麼樣？」

「牡蠣還在他的嘴裡。」

「獅鷲是吃牡蠣中毒吧？牡蠣還在嘴裡未免太奇怪。難不成毒性發作前，他吃個不停？有這麼多牡蠣可吃嗎？」

「正確地說，獅鷲不是食物中毒，是因牡蠣而死。他一口氣塞進許多牡蠣，噎住窒息。」

「這是屍體解剖的結果嗎？」

「不，是我聽說的。」

「從死去的獅鷲口中聽說的？」

「妳傻啦，死人是不會說話的。」

「雖然獅鷲並不是人。」三月兔補上一句。

「有目擊者嗎？」

「嗯，不算目擊者，應該算是凶器吧。」

「我不懂你的意思。」

「不必擔心，這傢伙大概也不曉得自己在講什麼。」三月兔安慰道。

「我當然曉得自己在講什麼。」瘋帽匠神情憤慨，「我只是搞不清楚自己在想什麼。」

「那麼，作證的是誰？我認爲那個證人非常重要。」

「不，只是微不足道的角色。」

「是誰？」

「就是這傢伙。」瘋帽匠從口袋掏出一塊軟趴趴的東西。

那東西滴滴答答地淌著黏液。

「那是什麼？」

「牡蠣。瞧，這裡剩一點碎掉的貝殼。獅鷲想生吞卻噎住，不能呼吸。獅鷲在痛苦中試圖嚼碎，最後這一隻倖存，勉強能說話。」

「說什麼？」

「獅鷲上當了，有人告訴他：『把滿手活牡蠣一口氣塞進嘴裡，是極致的美味』。」

「是誰說的？」

「就是牡蠣啊。」

「不是啦，是誰告訴獅鷲的。」

「告訴獅鷲什麼？」

「『把滿手活牡蠣一口氣塞進嘴裡，是極致的美味』。」

「我下次試試。」

「眞的嗎？愛麗絲提出一個好主意。」比爾出聲。

「比爾，別亂試，會死人的。」

「咦，什麼意思？」

「原來如此。愛麗絲，妳早就曉得『把滿手活牡蠣一口氣塞進嘴裡會死人』。這是凶手才曉得的事吧？」瘋帽匠寫下筆記。

「這種事誰都曉得。」

「不，獅鷲和這隻蠢蜥蜴就不曉得。」柴郡貓反駁。

「咦，蠢蜥蜴在哪裡？」比爾東張西望。

「別管蠢蜥蜴了。更重要的是，告訴獅鷲這件事的是誰？」

「我不知道。」

「爲何不問？」

「這是我的自由。」

「問了就能釐清凶手的身分啊。」

「不問我也知道凶手就是妳。」

「唉，如果牡蠣還活著，我就能親自詢問。」

「那妳就問一問吧。」瘋帽匠將掌中的牡蠣伸向前。

「死人不是不會說話？」

「是死牡蠣啦。」三月兔吐槽。

「不，不是死牡蠣，是活牡蠣。」瘋帽匠糾正。

「咦，什麼意思？」比爾問。

「這傢伙還剩一口氣。」

「怎麼可能……」愛麗絲倒抽一口氣。

「牡蠣先生，你能說話嗎？」

「嗯，愛麗絲，我能說話。」牡蠣回答。

「你看見凶手了嗎？」

「愛麗絲，我看見凶手了。」牡蠣費力地擠出聲音。

「凶手是你認識的人嗎？」

「愛麗絲，我認識凶手。」

「你也曉得他的名字？」

「愛麗絲，我也曉得凶手的名字。」

「那你現在公開凶手的名字。」

「愛麗絲……」

「活牡蠣，我收下了！」比爾將瘋帽匠掌中的牡蠣一咕嚕吸進嘴裡。

愛麗絲無法理解眼前的突發狀況，茫然瞪著比爾。

比爾的唇角溢出汁液。

「噢，眞是美味。」比爾一臉陶醉。

「比爾，你在幹嘛！」愛麗絲發出哀號。

「嗯？我在吃活牡蠣啊。這是我的最愛。」

「你在搞什麼？」瘋帽匠怒吼，不停往褲子上抹。「怎麼突然舔別人的手？弄得我黏答答。」

「活牡蠣的汁液早就把你的手弄得黏答答。」比爾反駁。

「是嗎？不好意思。」瘋帽匠老實道歉。

「剛剛牡蠣正要說出凶手的名字。」愛麗絲神情迷茫。

「不，我聽得很清楚。」瘋帽匠應道。「被吃掉前，牡蠣明白說出『愛麗絲』。」

「那不是凶手的名字。」

「妳問牡蠣凶手的名字，然後，他的答案是『愛麗絲』。」

「那不是他的答案。他先喊我的名字，準備說出凶手的名字。」

「妳有證據嗎？」

「這……」

「死牡蠣不會說話。」比爾插話。「不過，牡蠣的嘴巴長在哪裡？」

「還胡扯？你惹出大事了。」愛麗絲身軀微微發顫。

「我怎麼啦？」

「他沒有殺意。」愛麗絲向瘋帽匠解釋，「你知道比爾的。」

「妳在說什麼？」瘋帽匠愣愣地問。

「你準備以殺人罪嫌逮捕比爾吧？」

瘋帽匠望向三月兔和柴郡貓。「你們知道愛麗絲在說什麼嗎？」

三月兔舉手，「愛麗絲說『你準備以殺人罪嫌逮捕比爾吧』。」

「我知道。但我想問的是，她為何這麼說？」

「愛麗絲以為你準備以殺人罪嫌逮捕比爾。」

「我知道。但我想問的是，她為何這麼想？」

三月兔思索片刻，聳聳肩。「你不該問俺，問愛麗絲比較快。」

「對你而言，算是不錯的答案了。」瘋帽匠點點頭。「就是這麼回事。愛麗絲，妳怎會想到那裡？」

「還有什麼理由？比爾剛剛在我們面前殺害牡蠣啊。」

「正確地說，比爾是吃掉他吧？」

「對，正確地說，比爾是吃掉他。」

「要是吃活牡蠣會遭到逮捕，我們根本不能吃飯。」

「雖然是這樣，但牡蠣會講人話……」

「『人話』是什麼意思？那純粹是人類的自大吧？」三月兔反駁。

「沒錯。至少在這個世界，人類屬於少數派。」比爾聲援三月兔。

「總之，在這個世界，大部分的動物都會說話。」

「真失禮，妳以為只有動物嗎？」愛麗絲腳邊的虎皮百合發出抱怨。

「對了，在這裡連植物都會說話。不管吃什麼，都是吃下會說話的東西。」

「當然。如果吃掉會說話的東西就算謀殺，這個世界的居民都得判死刑。」

「結論就是，比爾無罪？」

「比爾沒犯罪，自然是無罪。」瘋帽匠斷定。

「噢，那就太好了。」愛麗絲鬆一口氣。「不過牡蠣死掉，這倒不好了。」

「妳也該有點常識。」

愛麗絲注意到時，柴郡貓已出現在身旁。

「只要吃下肚，就不算犯罪。」

8

「居然吃掉重要的證人，實在太不像話。」亞理相當憤慨。

食堂裡人影稀疏，亞理的話聲格外響亮。

「對啊。多忍住食欲一分鐘，可能早就破案。」井森一臉歉意。

「你怎麼沒忍住？」

「我沒料到牡蠣的發言竟能解決一切問題。」

「連這都不知道，你不覺得很離譜嗎？」

「的確很離譜。可是，比爾是個超級大傻瓜，這也沒辦法。」

「你是想說『因爲我是笨蛋，做什麼都能得到原諒』？」

「不，我不是笨蛋，我不認爲自己做什麼都能得到原諒。」

「那就不是『沒辦法』了。」

「我理解妳無法明白切割，但將比爾的過錯推給我，並不公平。」

「爲什麼？你就是比爾啊。」

「我既是比爾，也不是比爾。」

「你是比爾。」

「在共有記憶這一點上，我是比爾，可是我們並未共享意志和思想。我覺得阿梵達和本尊很難說是同一人物，唯獨妳是特例。」

「我是特例？」

「不管是在外型或能力上，栗栖川亞理和愛麗絲幾近相同。所以，相較之下，妳人格的延續感特別強。」

「你誤解了。」

「誤解什麼？」

「其實我……」

「抱歉，能否耽誤你們一些時間？」一名中年男子介入兩人的交談。

「好。請問您是哪位？」井森發問。

「這是我的身分。」對方出示警察手冊。

「谷丸先生嗎？」

他身旁的年輕男子開口：「敝姓西中島。」

「不曉得有何貴幹？」

「坦白講，我們在調查那起案件。」西中島巡查回答。

「案件？」井森神情警戒。

「西中島，說是『案件』有些小題大作。」

「可是，警部，那就是案件啊。」
「我的意思是，在這邊還算不上是案件。」
「不管在這邊，或是那邊，案件就是案件。」
「那是你的主觀認定……」
「抱歉。」井森插嘴。「你們眞的有必要找我們談話嗎？」
「有沒有必要，目前不確定。」西中島應道。
「總之，」谷丸警部擦拭汗水，「最近，你們系上接連有人去世。」
「對。」井森點頭，「王子同學和篠崎教授。」
「爲此我們在進行調查。」西中島解釋。
亞理小聲驚呼，谷丸警部頓時目露銳光。
「怎麼？」
「沒有，只是嚇一跳。」亞理回答。
他們也在進行調查，代表在不可思議王國有阿梵達吧。
「既然警方展開行動，意味著王子同學和篠崎教授的死不太對勁嗎？」
「不，別誤會。」谷丸警部幫腔。「這兩起事故，警方已判定沒有他殺的可能。」
「那你們爲何要調查？」
「唔，兩起事故有共通點，或者該說有關聯。」
「互有連結？」
西中島點頭。「對，你的形容十分貼切。」

「沒錯。你們對這兩起事故有任何想法嗎？」
「想法？」
「聽著我們的敘述，有沒有突然聯想到什麼？」
「你們實在說得太籠統。」
「噯，其實也能說得更具體。」
「只怕你們會懷疑我們的精神狀態。」西中島補上一句。
毋庸置疑，他們是不可思議王國的人。會是誰？
趁谷丸警部他們不注意，亞理朝井森使眼色：乾脆告訴他們吧？
不料，井森微微搖頭。
爲什麼？擔心他們不是自己人？
確實，對方不一定是同伴。如果在不可思議王國隸屬搜查單位，恐怕是想在這邊的世界尋找愛麗絲是凶手的證據。
「抱歉，我聽不懂。」井森回答。
谷丸警部注視著井森和亞理。
「警部，怎麼了嗎？」
「你們聽不懂，聽不懂啊……」
「我們闖了禍嗎？請直說。」
「無論有人在另一個世界犯下什麼罪，我們都沒有權限干涉，在現實中也束手無策。」谷丸警部自言自語。

「那你們現在有何打算？」亞理問。

「喂，妳在說什麼啊。」井森頗爲慌張。

不要緊，我想盡量多挖一些情報。

「噢，我們果然沒猜錯。」谷丸警部雙眼發亮。

「她只是在談一種假設。」井森打圓場。「她最喜歡奇幻和科幻類型的故事。」

「就當是這樣吧。我們也只是在聊一些假設。」谷丸警部回答。「我們想知道眞相。比方，他們是不是遭某人殺害？」

「你們利用現實世界的警方資源，調查一起假設的案件？」

「噯，畢竟用上警方手冊，倒也沒錯。」

「沒違反規則嗎？」

「要這麼計較，利用在異世界的記憶展開行動，也違反規則吧。你們敢保證沒違規嗎？」

「沒那種規則。」

「我們也沒那種規則。」

「將警方資源用在搜查異世界的犯罪，明顯違規吧。」

「你能提出證據嗎？」

「我不需要證明，只要去密告兩名刑警在調查虛構的案件。」

「跟我們合作，不會有任何損失。主動告訴我們身分，現實世界就多了警察夥伴。」

「也可能相反。」井森應道。

「什麼意思？」

「表明身分後，你們也可能變成敵人。」

「不會的。我們只是追求眞相，沒人會捲入麻煩。」

「不，還是有可能。」西中島開口。「萬一這兩人碰巧是凶手……」

「原來如此。」谷丸警部再次低喃。「這樣一來，就能立刻破案。兩位，你們說對嗎？」

「很遺憾，我們不是凶手。」井森回答。「其實，這件案子一度有破案的機會，是你們眼睜睜讓目擊證人死去。」

「嗯，那的確是搜查過程的疏忽，應當先問出凶手的身分。可是，這不僅僅是搜查方面的失誤，放任吃掉證人的大笨蛋在外亂闖也是大問題。」

這些人認定井森君是比爾嗎？或者，他們眞的在調查兩人本尊與阿梵達的關係？若是前者，剛剛就是在諷刺……

亞理認爲，告訴刑警她的阿梵達身分也無所謂。

如同他們聲稱，警方的情搜能力令人動心。即使是敵人，現實世界中他們也無法隨意出手。況且，不可思議王國的搜查人員早盯上愛麗絲，情況不會更糟。

「我……」亞理下定決心。

「假設性問題的討論結束。」井森宣布。「我們已無話可說，能不能請兩位離開？」

谷丸警部和西中島互望一眼。

「看來，你們對我們頗為防備。」谷丸警部語帶遺憾。

「眞是繞圈子的對話。」西中島十分不滿。「我們自報身分不是最快？」

「別在這裡，應該在那個世界說。」

「可是，我們在那邊的能力有限。」

「比起能力，主要是性格問題。大家老是在胡鬧，無法嚴肅交談，自然辦不了正事。」

「你們有何打算？提供其他情報？還是，今天到此為止？」井森應道。

「到此為止吧……今天就先告一段落。」谷丸警部說。

「改天繼續？」

「我們會主動接觸。至於在這邊，或在那邊，還不確定。」

「可是，在那邊大家會繼續胡扯吧？」

「傷腦筋。不過，要溝通也不是不可能。只是，如果不曉得你們的身分，連想接觸你們都沒辦法。」

「嗯，我會考慮。要是認為表明身分比較妥當，我會告訴你們。」

「也行。西中島，今天我們就撤退吧。」

兩人拖著沉重的腳步走出食堂。

「透露我們的阿梵達沒什麼不好吧？」等兩人的身影遠離視線，亞理開口。

「那麼一來，在不可思議王國，對方曉得我們的身分，我們卻不曉得對方的身分。」

「我們也問出對方的阿梵達不就得了？」

「無法保證他們會說實話。如果他們眞想知道我們的阿梵達，禮貌上該自報身分。」

「照這樣下去，不就會一直互相牽制？」

「妳可以透露自己的阿梵達。不過，我的阿梵達要保密。」

「你究竟在怕什麼？」

「妳倒無所謂。妳的阿梵達腦袋靈光，我的阿梵達卻是個超級大傻瓜，甚至會吃掉證人。在那邊我是弱者，不能毫無防備地暴露身分。」

「你很在意這一點嗎？可是，我的阿梵達也不強啊。」

「夠了，我要一個人靜靜。至於怎麼做最妥當，之後再討論。」井森緊隨那兩人的腳步離開食堂。

原來如此。井森君把比爾視爲弱點。嗳，比爾傻成那樣也沒辦法。可是，若愛麗絲在一旁協助，倒沒那麼差勁吧？問題在於，比爾不一定是愛麗絲的同伴。這麼一想，井森君絕對是我的同伴嗎？搞不好，他和比爾都在心裡懷疑我。

「跟男友吵架嗎？他離開時的表情不太開心。」李緒向亞理搭話。

「妳都看見啦？順帶一提，他不是我的男友。」

「我剛到。井森君離開時，我和他擦肩而過。」

「有沒有看到和我們交談的雙人組？」

「我只從窗外瞄一眼，他們是誰？」

「刑警。」

「咦，爲什麼？」

「他們在調查王子同學和篠崎教授的死因。」

「可是，這兩人不是死於意外和疾病嗎？」

「那是在現實世界。」

「妳是指，刑警知道不可思議王國？」

亞理點點頭。

「到底會是誰？」

「他們沒透露，不過大致猜得出。」

「你們報出在不可思議王國的名字？」

「沒有，井森君不願意。」

「咦，爲什麼？」

「他不信任兩名刑警，認爲單方面送上情報，對我們不利。」

「滿謹慎的。他眞的是比爾嗎？」

「正因他是不可思議王國的比爾，在現實世界要格外謹慎。」

「怎麼說？」

「大概擔心比爾是大傻瓜，井森覺得必須保護他。」

「可是，比爾明明就是他自己。」

「井森君的看法有些不同。」
「我把阿梵達當成自己。」
「妳有是白兔的自覺嗎？」
「白兔的感受和心情，我都能清楚憶起。我以爲你們也一樣。」
「我記得在哪裡做過什麼事，但當時的感受十分模糊。」
「看來有個別差異，原因不知出在何處？」
「可能純粹是錯覺。」
「妳是指，一切都是我的錯覺？」
「我沒這麼說。畢竟他人的感覺，與自身的體驗根本無從比較。」
「在不可思議王國與妳和比爾共度的時光，我依然感同身受。」
「嗯，也有人是像妳這樣的吧。」
「你們都是我重要的朋友。昨天也是……啊！」
「怎麼？」
「昨天這麼一鬧，我完全忘記要準備驚喜派對。」
「派對？」
「務必向井森君保密。在那天到來前，這是我們的祕密。」
留下這句話，李緒如風般跑走。
驚喜派對？
她搞錯了吧？把對別人說的話，誤以爲是對我說的。不過，這種程度的脫線，確實是白兔的作風。

亞理目送李緒的背影，默默想著。

9

「針對時間順序再討論一次。」愛麗絲對比爾和柴郡貓說。

「有必要嗎？」柴郡貓問。

「得證實我的不在場證明啊。」

「那不該對我們說，而是對瘋帽匠說吧？」

「跟他們辯論前，我想先仔細整理一遍，邏輯上不能有漏洞。」

「瘋帽匠腦袋怪怪的，才不在乎邏輯。」

「可是，連我們都不顧邏輯，不就變成動物吵架？啊，我太沒禮貌了。」

「我不介意，畢竟我們真的是動物。」比爾一臉落寞。

「早就曉得妳沒禮貌，還是整理一下時間順序吧。」柴郡貓提議。

「獅鷲遇害的時間，是在我和比爾看到他之後。」

「是的。」柴郡貓附和。「海象和假海龜也記得。在你們離開海岸約三十分鐘後，他們向獅鷲告別。」

「然後，我們穿越森林，前往白兔家。比爾，對吧？」

「嗯，似乎是這樣。」

「比爾的證詞靠不住。」柴郡貓斷定。

「啊，途中我們遇見毛毛蟲。」

「毛毛蟲嗎？那傢伙雖是怪人，證詞倒是可信。」

「從海岸到白兔家花了三十分鐘左右。抵達白兔家三十分鐘後，瘋帽匠他們上門，告知獅鷲遇害的消息。你們懂其中的意義嗎？」

「瘋帽匠愛打小報告？」比爾猜測。

「妳是指，獅鷲是在你們抵達白兔家時遇害？」

「就是這麼回事，我有完美的不在場證明。」

「愛麗絲，有個遺憾的消息要通知妳。」柴郡貓的神情沒一絲惋惜。「妳的不在場證明漏洞百出。」

「白兔先生不記得我們造訪的時間嗎？不過，抵達他家時，我們遇見瑪麗安。她可以作證。」

「不是這件事。」

「那是什麼？」

「你們宣稱抵達白兔家的時間——」

「我沒那麼說，是愛麗絲說的。」比爾更正。

愛麗絲暗暗嘖舌。

「愛麗絲聲稱抵達白兔家的時間點，恰巧發生空間扭曲，將白兔家和海岸連接在一起。」

「什麼意思？」愛麗絲一陣暈眩。

「妳可能趁比爾不注意，利用空間扭曲現象折返海岸殺害獅鷲，再回到白兔家。」

「但比爾一直看著我。」

「證據呢？」

「我可以作證。」

「妳的不在場證明，怎能採用妳的供詞？連瘋帽匠都不會接受這種歪理。」

「啊，簡直煩得我牙癢癢。」

「我幫妳抓一抓？」比爾自告奮勇。

「不需要。」接著，愛麗絲反駁：「我或許沒有不在場證明，可是，沒有不在場證明的人很多，爲何只懷疑我？我有殺獅鷲的動機嗎？」

「誰曉得。」柴郡貓一副嫌麻煩的表情。

「給不出理由，就沒道理懷疑我。」

「瘋帽匠推測出一個動機。」

「什麼動機？」

「愛麗絲，妳是連環殺手。」

「這才是無憑無據。」

「妳接連殺害蛋頭人和獅鷲，一定是連環殺手。」

「我誰都沒殺。」

「妳怎麼如此篤定？」

「我根本沒有殺害他們的動機。」
「妳是連環殺手，這就是動機。」
「根據呢？」
「妳接連殺害蛋頭人和獅鷲。」
「強調過好幾次，我沒殺害他們。」
「妳怎麼如此篤定？」
「我根本沒有殺害他們的動機。」
「妳是連環殺手，這就是動機。」
「等一下！」
比爾和柴郡貓望向愛麗絲。
「妳幹嘛氣沖沖的？」比爾一臉不解。
「我在生氣，比爾。」愛麗絲喘著大氣。「柴郡貓，這是循環論證（註）的詭辯。」
「我知道。」柴郡貓彷彿躺在空中一張看不見的吊床上。
「那你爲何繼續扯下去？」
「不能繼續扯下去嗎？」
「這毫無意義。」
「怎麼說？」
「循環論證的詭辯，既不能證明任何事，也得不出任何結論。」
「爲何妳這麼有把握？」

「那只是在鬼打牆，永遠無法確定眞假。」

「可是腦袋怪怪的帽子商人認爲，正因永遠在證明，沒有比這更確切的答案。」

「這才不算證明。」

「那妳證明看看這不是證明。」柴郡貓一臉訕笑。

柴郡貓是認眞的嗎？還是，純粹在逗我作樂？

好，我接下挑戰。

「試著換個角度想——我不是連環殺手。」

「我不是連環殺手。」柴郡貓複述。「我一直都這麼認爲。」

「不是啦，你要想『愛麗絲不是連環殺手』。」

「根據呢？」

「對，這就是關鍵。我有憑有據，因爲愛麗絲沒殺害任何人。」

「妳怎麼如此有把握？」

「這是有理由的，因爲愛麗絲不是連環殺手。」

「這是循環論證的詭辯！」瘋帽匠突然插嘴。「既無法證明任何事，也得不出任何結論！」

愛麗絲望向柴郡貓。「跟你說的不一樣。」

註：circular argument，將尚未證明或解決的問題當成前提，一旦承認前提，就不得不承認結論，所以論證的前提就是結論，是一種邏輯錯誤。

「妳指什麼？」柴郡貓裝傻。

「你說腦袋怪怪的帽子商人信奉循環論證。」

「誰腦袋怪怪的？」瘋帽匠嚷嚷。

「腦袋怪怪的帽子商人啊。」比爾回答。「腦袋怪怪的帽子商人腦袋怪怪的。」

「哦，是循環論證的詭辯。」三月兔開心地說。

「有點不同，那叫同義反覆（註）吧。」柴郡貓冷靜糾正。

「反正，我要向瘋帽匠重申，我沒殺害獅鷲。」

「這表示妳只殺害蛋頭人？」

「我當然也沒殺害蛋頭人。」

「那是誰殺害蛋頭人？」

「總之，是我以外的人。」

「妳堅持不是凶手，就找出眞凶。這是妳的義務。」

「我平白遭到冤枉，還得自己找出眞凶？」

「假說沒得到證明，和空話沒兩樣。」

「那你的假說也不例外。」

「假說？」

「就是我殺害蛋頭人的假說。」

「那不是假說，應該算是定論。」

「那種無聊的假說怎會變成定論？」

「因爲通過驗證了。」
「驗證?是誰、又在何時驗證?」
「犯罪的舉證和數學公式的證明不同,不是只有從定義或不證自明的道理延伸出的論題才正確,一個物證或一句證詞便足夠。」
「所以,證據是什麼?」
「白兔的證詞。他看見妳溜出庭園。」
「目前爲止,只有他一個證人。」
「證人一個就足夠。還是,妳認爲白兔有非撒謊不可的理由?」
「現在尙未想到。」
「瞧,我就說吧。」
「我只是現在沒想到。」
「問過白兔好幾次,答案都是『凶手是愛麗絲』。」
「換成是我,一定能問出不同答案。」
「白兔對妳相當警戒,最好不要認爲能問出像樣的證詞。」
「沒關係,我會問另一個白兔先生。」
「我先聲明,其他白兔的證詞不具意義。如同其他人的證詞,不能代替我和妳的證詞。」

註:tautology,意思是「把同樣內容換個方式說」。

「不是其他白兔，而是她本人的證詞。」

「不是『她』，是『他』吧。」三月兔附在愛麗絲耳邊低語。「妳弄錯他的性別，旁人會當妳是超級大傻瓜，不然就是以爲妳腦袋有問題。」

「嗯，確實，在這裡白兔先生是男的。可是，在地球並不是。」

「根本聽不懂妳的話。我不怎麼有耐性，妳做好心理準備吧。」

「什麼心理準備？」

「我會向女王呈報妳就是凶手。」

「可是，你只有白兔先生的證詞。」

「重複很多次，有證詞就足夠。向女王呈報後，妳曉得會有何下場嗎？」

「我的腦袋會被砍掉吧。」

「噯，我不是魔鬼，給妳一星期，讓妳調查到滿意爲止。如果一星期後，妳仍找不到眞凶，我就去向女王報告。這樣能接受吧？」

「要是可以，我希望沒有時間限制。」

「不行，萬一女王得知，我的腦袋就不保。依女王的耐性，頂多等一星期，再多不可能。」

「瞭解，我會立刻展開調查。」

首先，就從白兔的人類本尊開始調查！

10

「嗯，妳在講什麼？」李緒睡眼惺忪地問。

午後的校園，學生和教職員都腳步慵懶。

看著悠閒的風景，難以想像數天前才發生王子同學墜樓的悲劇。

「我希望妳能回想蛋頭人遇害那天的事。」亞理和李緒並肩走著。

「蛋頭人？啊，妳是指王子同學在不可思議王國的名字。」

「準確地說，不是他本人，是他的阿梵達。」

「阿梵達現象只是井森君的假說吧。搞不好，他們其實就是我們自己。」

「那不是挺奇怪？我們的肉體並未從現實世界消失。」

「眞的沒消失嗎？睡著後，我們又不清楚身體的狀態。」

「誰教我們都是一個人住。要是和別人同住，一旦身體消失，肯定會引起大騷動。」

「精神上可能是同一個人，就像投胎轉世。」

「每天都在那邊的世界重新投胎轉世嗎？」

「不是啦，投胎轉世僅有一次，而後我們一點一滴想起前世的記憶。」

「妳是指，我們的前世其實是不可思議王國的居民？可是，未免太奇怪。不可思議王國的居民，怎會記得現實世界的事？」

「我們或許在現實世界和不可思議王國之間輪迴重生好幾次。」

「妳是認眞的嗎？」亞理凝視著李緒。

「不是，但所有的可能性都不該排除。」

「只是，妳不覺得井森君的假說最有道理嗎？」

「倒不見得，我也想到一個假說。嗳，比起假說，更接近推理。我搜集不少證據。」

「哎呀，我都不知道。」

「當然，我並未解開這個機制的謎底，不過應該能釐清兩個世界的關係。」

「方便告訴我嗎？」

「嗯，好啊。妳也曉得，完整模擬一個世界，需要非常巨大的記憶體和ＣＰＵ處理器。換句話說，那個裝置本身和世界差不多大。咦？」李緒的注意力似乎被亞理身後的空間奪走。

亞理回頭。

只見一名穿著邋遢的男子傻笑著靠近。他的衣服有些骯髒，未經修剪的頭髮油膩結條，鬍子也沒修整。

亞理抓住李緒的胳臂後退。

希望這是一場玩笑。

亞理暗暗祈禱。校園內可能發生過分的惡作劇，畢竟是大學生的拿手絕活。

然而，亞理眼前所見，遠遠超過惡作劇的限度。

男子緊握一把菜刀。爲防刀子脫手，纏上一圈圈繃帶。如果不是在開玩笑，就是有明確的殺意。

他打算隨機襲擊，還是，目標就是亞理和李緒？

如果是後者，或許與不可思議王國有關。

不過，無論是哪種情況，她們都不可能乖乖就範。

「啊啊啊啊啊——」男子突然張開嘴巴，露出鮮紅的咽喉深處。

他沒看兩人，兩顆眼珠轉向不同方位。

首先，得先確定他的目標是不是我們。

亞理抓著李緒的胳臂，帶她移動到男子的視野之外。

男子挪動身軀，面向兩人。

不妙，他的目標似乎就是我們。

可是，爲什麼？

如果男子是不可思議王國的人，代表殺掉我們能帶給他好處？那麼，他會是誰？眞凶？

他知道我在尋找眞凶，想先下手爲強？

那李緒呢？

她應該不是目標。白兔指控愛麗絲是凶手，對眞凶而言，她活著比較有利。

既然這樣，我不能拖李緒下水。

亞理鬆開李緒的手。

「妳待在這裡。」亞理低語。

男子並未動彈。

亞理調整氣息，猛然往旁邊跳開。

男子倉惶衝向亞理。

「李緒學姊，快逃！找人來幫忙！」亞理轉身逃跑。

沒問題。只要不被他抓住，就不會有事。不僅如此，這是個好機會。沒想到凶手居然主動現身。抓住他就能破案，證明愛麗絲的清白。

問題在於我和他的距離。我對跑步沒自信，萬一他在救援趕到前追上我……

明知回頭會影響速度，亞理仍抵不住誘惑。

不料，她沒看見凶手的身影。

我跑得那麼快嗎？

亞理站定腳步，尋找凶手的蹤跡。

短短幾秒，亞理便發現凶手擋住李緒的去路。

不會吧……

亞理連忙跑過去。

難不成這才是他的目的？假裝目標是我，分開我們後，趁機襲擊李緒學姊。

可是，爲什麼？

男子的軀體擋住李緒。不久，男子從李緒身旁退開。

李緒一臉鐵青地望向亞理，雙手按著心窩。

她的白衣染成紅色，鮮血泉湧。

亞理奮力撞開男子。

男子倒在地上。

亞理看也沒看一眼，隨即衝向李緒。

趕到的前一刻，李緒趴倒在地。

「李緒學姊！」

李緒雙眼瞪得老大。

「對不起！」亞理抓住李緒的肩膀。「沒想到他要襲擊的是妳……」

李緒嘴巴不斷開合。

「咦，妳說什麼？」

「妳是誰……」李緒問。

「認不出來嗎？是我啊，亞理……」

「愛麗絲？妳是愛麗絲嗎？」李緒的瞳眸失去焦點。

亞理用力握住李緒的手。

「我必須警告妳，絕不能繼續深入調查。」

「李緒學姊，妳知道內幕嗎？」

「妳絕對贏不了。」

「嗯，我贏不了什麼？」

「絕對沒人能勝過紅國王。」李緒的雙眼驟然瞪大，凍結般靜止。

「怎會發生這種事……」

亞理的手貼在李緒胸前，感覺不出心臟是否在跳動。

「來人啊，快叫救護車！」

亞理不曉得有沒有人聽見她的呼救。

她努力用亂烘烘的腦袋，釐清此刻不得不做的事。

對了，要幫李緒進行心肺復甦術，做心臟按摩和人工呼吸。

亞理雙手放上李緒胸口，施加全身的重量。

每當她用力下壓，傷口都會淌出鮮血。

持續一分鐘的心臟按摩後，李緒依然毫無反應。

亞理哭著捏住李緒的鼻子，覆住李緒的嘴，吹進空氣。

不料，空氣從李緒的唇間漏出。

亞理的嘴緊貼上去，再度吹進空氣。

空氣隨著噗噗摩擦聲漏出。

反覆進行一分鐘，亞理抬起頭，唾液和鼻水在兩人之間牽出絲線。

李緒沒有恢復自主呼吸的徵兆。

「有人叫救護車了嗎？」亞理環顧四周。

附近空無一人。

距離二、三十公尺處有數道人影，但不確定他們有沒有叫救護車。幾個人在講手機，亞理無法判斷他們是在叫救護車，還是在打私人電話。

不能倚靠其他人。

我到底浪費多少時間？

亞理拿出手機，按下通話鍵。

她的雙手顫抖，無法靈活操作。

「請派一輛救護車過來，我朋友停止呼吸了。」

「麻煩告知您所在的地點。」

亞理報上大學的校名。

「立刻派救護車過去，請說明目前的情況。」

「我的朋友被人刺傷。」

「是遭利刃刺傷嗎？」

「對。」

「報警了嗎？」

啊，我還沒報警。不過，叫救護車比報警要緊。

「還沒。」

「警方那邊我會通知。接下來我說的事非常重要，刺傷您朋友的人仍在附近嗎？」

亞理心頭一驚。

對了，那傢伙在哪裡？

亞理回頭一望。

那傢伙就在那裡。

離她僅有一公尺。

「就在附近。」

「首先，確保您自身的安全。」

男子握著沾染刺眼鮮血的菜刀，望著亞理，聳動肩膀喘氣。

沒事的，要冷靜。如果他想殺我，剛剛機會很多。他並不打算殺我。

「把菜刀給我。」亞理開口。

「與凶嫌的交涉，請交給警方！」電話彼端傳來醫護人員的呼喚。

「不交出來就離開。」亞理緩緩地說。「警察馬上就會趕到。」

男子搖頭。

「那你答應我，絕不傷害我。」

男子一言不發，瞪著亞理許久，然後閉上眼睛。

這表示他不會傷害我？還是，他想騙我？

「如果你不打算傷害我，離我遠一點。不然我會分心，無法照顧她。」

男子舉起菜刀。

咦，他仍打算殺我？怎麼辦，我該逃走嗎？但我現在大概跑不動。他一定會追上我，從背後刺傷我。那要戰鬥嗎？這更不可能。

亞理深吸一口氣。

警察和救護車應該快到了，我要盡量爭取時間。即使被刺傷，能立刻接受治療的機率很高。

「傷害我沒有好處，不如協助我調查，才是明智之舉。你的目的是什麼？爲何要傷害李緒學姊？」

男子閉著眼，露出微笑。

刀刃忽然轉向，朝他的咽喉移動。

「你想幹嘛？」亞理驚慌失措。

刀刃抵在男子的咽喉和胸口之間。

皮膚凹陷。

「很危險，你別輕舉妄動。」

噗，皮膚滲出鮮血。

男子沒停手，表情愈來愈痛苦。

「你在做什麼！」

我該阻止他。爲了他，也爲了我自己。

可是，身體動彈不得。內心的恐懼壓制亞理。

鮮血滴滴答答淌下。

「啊啊啊啊啊！」男子發出哀號。

「嗚嗚嗚嗚嗚！」亞理也發出哀號。

男子的手顫抖不止。

他的左手撐住持刀的右手。

接著，他瞪大雙眼，加重力道。

大量鮮血噴出。

他試圖深呼吸，卻只發出噪音般的嗄嗄嗄嗄聲，氣管不順暢。

而後，他全身痙攣，重重倒在地上。

我該怎麼辦？拔掉菜刀嗎？可是，出血會不會更嚴重？乾脆不管他？但傷及氣管，他會窒息。拔掉菜刀能不能幫助他呼吸？

啊，我不知道了啦。

男子不再動彈。

他雙眼瞪得老大，牢牢注視亞理。

亞理愣愣望著兩具不動的肉體。

遠方終於傳來救護車的鳴笛聲。

11

「白兔死了。」瘋帽匠告訴愛麗絲。

愛麗絲漫不經心地望著準備槌球賽的撲克牌士兵。由於是紙牌，要個別區分出他們十分困難。看他們集合又散開，彷彿有人在玩牌或占卜。

「應該吧。」

「妳的語氣像是早就知道。」

「我就猜會這樣。」

「為何？」

「他在地球上的分身已死去。」

「地球？」

「你是眞的不知道，還是裝成不知道？」

「回答之前，能不能先解釋地球是什麼東西？」

「當我沒問，你就忘掉吧。是誰殺了他？」

「不曉得。」瘋帽匠聳聳肩。「大概是妳吧？」

「又是我？」愛麗絲喊道。

「這次妳有十二分的動機。」

「恰恰相反，她是我最後的希望。」

「『她』？妳在說誰？如果是白兔，妳弄錯他的性別。他提供不利於妳的證詞，只要他死去，便沒人作證。」

「若白兔先生注意到自身的錯誤，會是對我有利的證人。可是，一旦他死去，就永遠是對我不利的證人。」

「妳是認眞的嗎？從沒見過比妳樂觀的嫌犯。」

「在此之前，這個世界根本沒有嫌犯吧。」

「所以我才沒見過，很合乎邏輯不是嗎？」

「死因呢？」

「妳不知道死因？」

「我眞的不知道。」

「一台全新的除草機送到白兔家。」

「他買的嗎？」

「不是。據瑪麗安說，白兔不記得買過這種東西，以爲是送他的禮物。」

「他怎會這麼想？」

「白兔自認挺有人望。」

「然後呢？難不成是除草機害死他？」

「其實，那不是除草機。」

「可是，白兔先生當成除草機。」

「就是這樣。」

「所以，那是容易和除草機搞錯的東西？」

「正是如此。」

「到底是什麼？」

「當然是蛇鯊啊。」

「蛇鯊？」

「對。提到容易和除草機搞混的東西，只可能是蛇鯊。」

「長有翅膀會咬人的那種？還是長有觸鬚會抓人的那種？」

「都不是。那蛇鯊是一隻布吉姆。」

「怎麼會……」

「白兔突然無聲無息消失，大概再也見不到他。」
「怎麼曉得是布吉姆？」
「比爾和瑪麗安是證人。」
比爾和瑪麗安從瘋帽匠身後出現。
「你們從哪裡冒出來的？」
「我們一直躲在瘋帽匠背後。空間很小，躲得好辛苦。」
「幹嘛做這種事？」
「不然怎麼嚇得到妳？」
「我沒嚇到。」
「咦，一點都沒有？」
「對，我只覺得傻眼。」
「太好了，我們沒白躲，至少達到一半目的。」
「究竟發生什麼事？」愛麗絲無視比爾，直接問瑪麗安。
「白兔主人說『有人送新除草機給老夫』，開心地向我們展示。收到的箱子以紅白兩色的緞帶裝飾，大大寫著『除草機』。比爾催促『快給我們看看』，白兔主人回答『這是送給老夫的，老夫有看第一眼的權利。等老夫看完，你隨時都能看』，接著，他把箱子搬進寢室。不久，傳來他的嚷嚷：
『咦，這不是除草機，是一隻蛇鯊！』
聽到他的話，比爾開心得要命。」

「當然，難得有機會看見蛇鯊嘛。」比爾辯解。

「之後發生什麼事？」愛麗絲無視比爾，逕自問瑪麗安。

「比爾向白兔主人確認：『是長有翅膀會咬人的那種？還是，長有觸鬚會抓人的那種？』。」

「愛麗絲也有相同的疑問吧，我們的想法挺像。」比爾說。

愛麗絲爲衝動提出無聊問題後悔不已。

「然後呢？」

「白兔主人發出一聲『布……』，就沒有然後了。我們等候一會，但白兔主人沒出現。直接開門進去，房內卻沒人，只見桌上擺著空箱子。」

「你怎麼曉得箱裡是布吉姆？」愛麗絲問瘋帽匠。

「還用問嗎？不是布吉姆，要怎麼解釋白兔從密室消失的事。」

瘋帽匠的話不無道理。從狀況研判，箱裡裝的應該是布吉姆。此外，這也是凶手留下的線索。

「寄件人是誰？」

「不知道。」

「沒寫寄件人，郵差也送信嗎？」

「郵差？」比爾問。「哪來的郵差？」

「如果不是郵差，會是誰送來的？」愛麗絲無視比爾，兀自問瑪麗安。

「不曉得，白兔主人說箱子就擺在門口。」

「所以，有人把布吉姆裝進箱子，擺在白兔先生家門口。可是，要怎麼把布吉姆裝進箱子？」

「很簡單。」三月兔從比爾身後走出來。「布吉姆每天有三分鐘會變成普通的蛇鯊，趁機裝進箱子就能解決。」

「你從哪裡冒出來的？」

「俺一直躲在比爾背後。空間超小，俺躲得好辛苦。」

「幹嘛做這種事？」

「不然怎麼嚇得到妳？」

愛麗絲決定同樣無視三月兔。

「總之，凶手完美執行密室殺人計畫，而且沒留下任何證據。」

「可說沒留下任何物證。不過，行凶手法已確定。」

「利用布吉姆殺人很尋常嗎？」

「不，我第一次聽聞。不過，如果那不是布吉姆，無法解釋密室殺人是怎麼回事。除非瑪麗安和比爾撒謊，就另當別論。」

「比爾不可能撒謊，畢竟撒謊需要想像力。」愛麗絲推測。

「我也這麼認爲，撒謊超出比爾的能力。」

「喂，你們在稱讚我嗎？」

「是在稱讚你沒錯，放心。」瘋帽匠回答。

「謝謝。得到你們的稱讚，我很開心。」

「即使比爾沒撒謊，白兔先生想說的也不一定是布吉姆吧？比爾不會刻意撒謊，但十分容易上當。」

「不是利用布吉姆行凶又怎樣？手法那麼重要嗎？」

「目前是不重要。」愛麗絲嘆一口氣。

「所以，重要的不是手法，而是動機。白兔死去，獲益的只有一個人。」

「如果讓你產生這種想法，才是凶手的目的呢？」

「這麼做對誰有好處？」

「眞正的凶手啊。」

「那是除了妳之外，另有凶手的情況才成立。可是，至今沒證據顯示有這一號人物。還是，妳已查出眞凶的身分？」

「很可惜，凶手的身分我仍毫無頭緒。但經過這次的事，讓我明白凶手也有弱點。」

「弱點？什麼弱點？」

「我不知道。不過，凶手鋌而走險也要殺死白兔先生，這表示對凶手而言，殺害白兔先生是無可避免的事。」

「若要加深妳的嫌疑，動機未免太薄弱。」

「所以肯定另有原因。」

「我就單刀直入地問，是什麼原因？」

「如果知道，還需要這麼辛苦嗎？找出原因，總覺得就能查到凶手的身分……」

「幹嘛說這些？妳明不明白啊，五天內查不出凶手，腦袋恐怕就不保。」

「嗯，我明白。」愛麗絲平靜地回答。

12

「我就是擔心會發生這種狀況。」谷丸警部一臉遺憾。「如果當時你們願意協助我……」

「如果我們願意協助你，李緒學姊就不會死嗎？」亞理追問。

「唔……」谷丸警部搔搔頭。

這是警局的一個房間，不是審訊室，較像會議室。這表示亞理至少沒被當成嫌犯。

「確實，我無法保證她能得救……」

「那名男子和我們毫無關係。」

「依目前的調查結果似乎是這樣。」

「既然如此，這次的情況根本不可能預防吧？要是我們協助你，會派人二十四小時貼身保護我們嗎？」

「嗯，視情況也不是不可能……」

「警部，撒謊不太好。」西中島提醒。「除非有重大緊急事由，不可能二十四小時貼身保護一般民眾。」

谷丸警部乾咳一聲。

「那名男子是誰？」

「他叫武者砂久，有吸食興奮劑的前科。」

「他那天也吸食興奮劑？」

「屍體驗出反應。」

「這算是隨機殺人嗎？」

「表面上是這樣。」

「有內幕嗎？」亞理的語氣愈來愈像在盤問。

「現實中沒有內幕。」

「請說明白一點。」

「意思就是，眞實隱藏在現實的背後。」

「現實的背後是指什麼？」

「非現實，也可稱爲幻想世界。」

「警察能說這種話嗎？」亞理笑道。

「剛剛這些話，我不是站在警察的立場說的，而是以共同經歷不可思議體驗的同伴身分說的。」

「在幻想中發生的事，用一般搜查方式查不出究竟吧？」

「對，八成查不出頭緒。」

「那不就沒有搜查的意義？」

「還是有可能。」

「什麼可能？」
「在幻想中進行搜查。」
「在幻想中進行搜查？你是認眞的？在幻想世界的搜查結果，無法做爲呈堂證供吧。」
「對，沒錯。」
「那又有什麼意義？」
「可對照在現實世界的搜查結果，查明眞相。」
「即使得知凶手的身分，在現實世界也拿他沒辦法。」
「不過，或許有機會在幻想世界砍掉他的腦袋。」西中島輕描淡寫。
「喂，西中島，你的發言太輕率。」谷丸警部表情驟變。
「這才是你們的目的吧？」亞理的嘴唇微微發顫。
「目的？」谷丸警部反問。
「少裝傻，你們不是想砍掉凶手的腦袋嗎？」
「那是不可能的事。」
「剛才西中島巡查這麼說。」
「他只是在說幻想中的事。在現實中的日本，不會執行這樣的刑罰。」
「在幻想世界死去的人，也會在現實中死去。」
「這一點未經證實。」
「根據經驗法則是這樣。」

「幻想不是客觀的事實，沒有所謂的經驗法則。」

「你的意思是，即使有人在幻想世界被砍掉腦袋，導致現實世界的某人死去也沒關係嗎？」

「我沒這麼說。」

「那你們想幹嘛？」

「如同剛才所述，是爲了追究眞相。」

「追究眞相的結果，導致別人的腦袋被砍掉也沒關係嗎？」

「不追究眞相，還會有其他人遇害。」

亞理不再開口。

「要是幻想世界的殺人魔對現實世界造成影響，應該依幻想世界的規定來處罰，妳不認爲嗎？」谷丸警部問。

「若能確定那個人是眞正的凶手，倒是可以這麼做。」

「對。所以，爲了找到眞凶，我們想蒐集情報。」

「可惜，我手上沒有任何與凶手相關的情報。」

「那只是你們這麼想罷了。提供所有得知的情報，我們或許能從中發現眞相，妳不認爲嗎？」

「你們可能從中發現眞相，也可能利用我們提供的情報，捏造出莫須有的冤罪。」

「冤罪？妳在說什麼？」

「你們一心只想抓到凶手吧？」

「當然，這是每個警察的願望。」

「你們根本不在乎抓到的是不是眞凶，只是想抓個人頂罪吧？」

「不，不是的，我們不想抓無辜的人頂罪。」

「那你們爲何緊咬愛麗絲不放？」

「妳剛剛提到『愛麗絲』吧。」西中島加入對話。

糟糕，不小心說溜嘴。

「妳知道誰是愛麗絲吧？」西中島的眼睛一亮。

「知道又怎樣？」

「我們想在現實世界找愛麗絲的本尊談一談。」

「爲什麼？」

「案發時愛麗絲在附近，她可能曉得內情。」

「她也可能無辜受到波及，根本一無所知。」

「即使如此，她的話仍值得一聽。剛才提過，或許只是本人沒發現，但我們能從她的證詞找出蛛絲馬跡。」谷丸警部一臉垂涎。

亞理瞄一眼谷丸警部那稍嫌花俏的帽子，「可惜，想在現實世界找愛麗絲問話頗困難。」

「這是愛麗絲本人的意思嗎？」

「嗳，可以這麼說。」

谷丸警部失望地垂下肩膀。「看來，我們沒理由再耽誤妳的時間，妳可以回去了。」

「那我先告辭。」亞理離開座位。

「要是改變心意，隨時聯絡我們。」

「好的。不過，我想可能性極小。」

一踏出會議室，亞理就看見走廊上的井森。

「警方也找你過來嗎？」

「應該說，是谷丸警部以個人身分找我來。這次的案子與我沒有接點，他不能以搜查爲由傳喚我。」

兩人一起走向外頭。

「谷丸警部問你什麼？」

「沒什麼特別的，只問我對這次的案子有沒有任何想法？」

「你怎麼回答？」

「我回答『應該和不可思議王國發生的連環命案有關』，然後補上一句『雖然在現實世界是三起毫無關聯的死亡事件』。」

「這次的案子，和其他兩起案子在意義上有些不同。」

「意義上有些不同？什麼意思？」井森神情詫異。「因爲在兩邊的世界，這是第一次發生眞正的凶殺案？」

「這是其中一個原因。不過，由於這次的案子，情勢發生巨大轉變。」

兩人走出警局。

「怎樣的轉變？」

「還用我說嗎？一連串命案的凶手已死。這麼一來，至少連環命案畫下休止符。接下來，只要在不可思議王國找到死去的凶手，就能證明愛麗絲的清白。」

「等一下，『一連串命案的凶手已死』是指武者砂久嗎？」

「對，這就是他的名字。」

「妳怎能斷定他就是凶手？」

「不需要斷定，事情就發生在我眼前啊。他殺害李緒學姊，凶手自然不會是別人。」

「唔，換句話說，殺害田中李緒的凶手是武者砂久。」

「我沒說錯吧？」

「武者砂久的確殺了田中李緒，可是，他並未殺害王子玉男和篠崎教授。」

「在現實世界他們的死不像他殺，但在不可思議王國，蛋頭人和獅鷲確實是遭到殺害。」

「同樣的道理，在現實世界是武者砂久殺害田中李緒，但在不可思議王國，殺死白兔的或許另有其人。」

亞理停下腳步。「這個嘛……不過，也不能說武者一定不是凶手吧？」

「當然，不排除武者是凶手的可能性。不過，之前的兩起案子，在現實世界凶手都沒直接向被害人下手。這次，凶手卻直接在現實世界殺人，豈不是很不自然？」

「如果武者不是凶手，那他是誰？」

「他只是凶器，和害死篠崎教授的牡蠣一樣。武者砂久是蛇鯊。」

「換句話說，凶手仍活著？」

「就是這麼回事。」

「換句話說，這個案子還沒結束。」

「就是這麼回事。我詢問過王子同學和篠崎教授身邊的人。」井森取出記事本。

「你也詢問過李緒學姊身邊的人嗎？」

「那件案子昨天才發生，我來不及行動……根據目前查到的，篠崎研究室有一個人行動頗詭異。」

「誰？」

「田畑助教。」

「怎樣詭異？」

「他會喃喃自語，在廁所洗數小時的手，甚至在無人的研究室失控暴走……」

「既然沒人，怎麼曉得他失控暴走？」

「回研究室的人偶然看見。聽說他一發現有人，立刻安靜下來。」

「怎麼回事？」

「表示他精神上被逼得很緊。」

「誰在逼他？」

「我準備接下來要調查這件事。」

「我們可以去問廣山副教授。公爵夫人在不可思議王國試圖幫忙愛麗絲，她是我們的同伴。」

「她反對女王任命瘋帽匠擔任搜查官吧？確實不像有惡意。好，我們馬上去篠崎研究室。」

「廣山老師。」井森向在研究室抱頭苦思的廣山副教授打招呼。

「咦，你們是誰？」

「井森和栗栖川。前幾天不是和您談過話？」

「有這回事？」

「不可思議王國，公爵夫人，獅鷲，度度鳥。」亞理彷彿在念誦咒文。

「哦，你們是不可思議王國的人吧。」廣山副教授脫下眼鏡。「你是度度鳥嗎？」

「我是比爾，度度鳥是田畑助教。」

「對、對，田畑才是度度鳥。」

「前幾天真是多謝您。」亞理道謝。

「前幾天？什麼事？」

「您向女王進言，反對任命懷疑愛麗絲的瘋帽匠擔任搜查官。」

「嗯，可惜沒幫上忙。既然女王已決定，也無可奈何。女王似乎一心想讓那個帽子商人抓起愛麗絲。」

「女王嗎？」井森問。

「是啊，怎麼了嗎？」

「女王想逮捕愛麗絲的理由，您猜得出嗎？」

「猜不出。不過，那個人成天想砍別人的腦袋。」

「我就單刀直入地問，女王可能是連環命案的凶手嗎？」

「咦，是這樣嗎？」亞理雙眼圓睜。

「雖然沒有證據，但這樣就能解釋她爲何一心誣陷愛麗絲。」

「嗳，待我想想。」廣山副教授按住太陽穴，閉上眼睛。「不，她不是。她有不在場證明。」

「不在場證明？」

「蛋頭人遇害的時間和獅鷲遇害的時間，她都在和公爵夫人——也就是我，打槌球。」

「你們每天都在打槌球吧。」井森傻眼地說。

「又不是我喜歡。她想打槌球，我只得奉陪。」

「慎重起見，想請教一下，白兔遇害的時間她也有不在場證明嗎？」井森問。

廣山副教授瞠目結舌地望向兩人。

「您想起來了嗎？」

「咦咦咦！」廣山副教授驚叫。

「您想起什麼了嗎？」

「不是，你說誰遇害？」

「白兔。您沒聽說嗎？」

「對，我不知道。何時發生的？」

「昨天。不可思議王國的人都在談論這件事。」

「不知怎麼，我沒聽說。」

「瘋帽匠沒向您報告嗎？」

「他可能向女王報告過，但沒來找我。白兔是被殺死的嗎？」

「嚴格說來，不曉得算不算是被殺死的。白兔遇上布吉姆。」

「噢，是嗎？明明是個好人，實在遺憾。」

「白兔那麼好嗎？李緒學姊性格很不錯，可是白兔不怎麼和氣。」亞理應道。

「誰是李緒？」廣山副教授問。

「白兔在現實世界的本尊。」

「所以白兔也是同屬兩個世界的人嘍？他人挺好，最近打算爲比爾辦驚喜派對。」

「咦？」井森十分詫異。

「哎呀，你還不知道嗎？」

「是的。」

「李緒學姊提過，我以爲她在說現實世界的事。」亞理出聲。

「她把不可思議王國的事，拿到現實世界說嗎？」

「若將不可思議王國當成夢，不會產生這個問題。」井森解釋。「現在也是發生命案這種緊急事件，我們才勉強回憶那個世界，不然平日根本不會想起不可思議王國。不過，她對自己是白兔的認同感相當強烈。阿梵達和本尊之間的同步率，似乎有很大的個人差異。」

「總之，謝謝你們告訴我白兔的死訊。我到那邊會找瑪麗安商量怎麼處理……唔，等去那邊再想也不遲，現在光是現實世界的事就夠我忙……」

「方便再請教一下嗎？」

「好，但我時間有限，請長話短說。」

「是有關田畑助教的事。」

「田畑？哦，他是誰來著？三月兔？」

「他是度度鳥。」

「對，是度度鳥。田畑怎麼了嗎？」

「聽說他最近不太對勁。」

「這麼一提，他看上去一副很累的樣子。」

「他似乎出現許多怪異的舉止。」

「怪異的舉止？他會自言自語和誇張地做體操，要說怪異，是挺怪異的。」

「您曉得原因嗎？」

「大概是累了吧？」

「爲何這麼累？」

「忙著研究啊。」

「大家都在進行研究，怎會只有田畑助教特別忙？」

「爲什麼呢？」廣山副教授思索片刻，「對了，他負責的雜務比較多。」

「雜務？」

「說雜務不太好聽，就是行政業務。比方製作送交政府的申請文件、學會發表的資料、給技術主任和學生的實驗程序講義之類，再來是逃生出口標誌的設置，整理藥品與原料清單，及統一研究室成員的電腦設定、安裝防毒軟體、管理記憶體，晚上來確認連續運行的狀況……」

「這些全是必要工作？」

「對，是必要工作。」

「可是，我們研究室只需做第一項。」亞理質疑。

「嗳，我們研究室的雜務或許多了些。不過，這些本來就是分內的工作。」

「篠崎研究室要做的事爲何特別多？」井森問。

「大概是篠崎教授做事一絲不苟。」

「幾乎有些神經質。逃生出口的標誌，大學原有的配置應該就足夠。電腦的設定不須統一，防毒軟體也不必由各研究室自行安裝，資訊管理室能幫忙處理。連續運行裝置已通過規定的審查，沒義務在夜間確認……」

「教授恐怕是擔心成性吧？比規定的多做一點，也更安全一點。」

「即使如此，這些工作怎會集中在田畑助教身上？」

「這樣一提，到底是爲什麼呢？」

「篠崎教授不會要求廣山老師處理雜務嗎？」

「多少會。」

「跟田畑助教相比呢?」

「不清楚。田畑的工作量或許稍多,但可能是他反應慢才積一堆工作。」

「田畑助教做事很慢嗎?」

「有點不得要領,一旦中間有環節出問題,就會耽誤接下來的工作。」

「換句話說,篠崎研究室雜務本來就多,田畑助教做事又不得要領,造成沉重的壓力?」

「雜務是多,但也不到異常的程度。」

「田畑助教的工作量超過負荷,篠崎教授知情嗎?」

「不清楚。不過,他和田畑每天開會,應該知情吧。」

「每天都開會嗎?」

「對。爲了掌握工作內容,我想有這必要。尤其是田畑做事不得要領,得監督他每天的工作。」

「開會本身沒造成負擔嗎?」

「怎麼會?頂多需要十頁簡報。」

「每天開會還得做簡報?」

「雖然麻煩,但要掌握業務內容,比起看各種形式的文件,彙整成簡報格式最有效率。」

「對篠崎教授可能有效率,卻增加田畑助教的負擔。」

「或許從田畑的角度來看是如此，不過站在研究室全體的角度，以篠崎教授的效率爲優先十分合理。」

「明知田畑助教的工作不堪負荷，篠崎教授還把雜務集中交給他。」

「你到底想說什麼？在暗示篠崎教授有錯？」

「我不清楚實際情況，不方便說什麼。不過視情況，這可能算是一種職權騷擾。」

「事到如今，難不成你想控告篠崎教授？」廣山副教授彷彿受到驚嚇。

「我沒這個打算。說起來，我們也沒有這樣的權力。」

「就是啊，你們總不會踰矩吧。」

「我在意的是，田畑助教是否對篠崎教授心懷怨恨？」

「怨恨？助教怨恨教授？這種事……」

「不可能嗎？」

「對。教授的指示，相當於一般企業主管的業務命令，無論如何必須遵從。這是常識，更不用提怨恨……」

「一般企業有職權騷擾的問題啊，大學也一樣。」

「萬一他眞的對篠崎教授心懷怨恨又如何？」

「不就代表田畑助教有充分的殺人動機？」

「篠崎教授並未被殺害，而是病故。」

「在現實世界是這樣。不過，不可思議王國和現實世界的死亡有連鎖關係。」

「你是指，度度鳥殺害獅鷲？」

「這只是假設。倘若田畑助教怨恨篠崎教授，一直按捺著殺意。在這種狀況下，要是他留意到不可思議王國和現實世界的死亡互相連鎖，會怎麼想？」

「在不可思議王國殺害獅鷲，但在現實世界不算殺人，而篠崎教授一樣會死，稱得上一種完全犯罪。」

井森點頭。「不過，並非毫無風險。儘管比不上現實世界的水準，但不可思議王國設有法庭，同樣會制裁犯罪。」

「不過，那邊的人和動物不是傻瓜，就是腦袋怪怪的，比起這邊的世界，要殺人較容易。」

「那我們該怎麼辦？不能逮捕田畑助教，畢竟他只是在夢中殺人。」亞理問。

「沒錯。無論這個假設正不正確，在這個世界，田畑助教並未殺害任何人。不過，如果向不可思議王國的搜查官提供他的犯罪證據，又會如何？」

「女王知道後，會砍掉度度鳥的腦袋吧。然後，田畑身上會發生異狀。你想要田畑的命嗎？」

「不，這不是我的本意。只是不找出凶手，栗栖川同學就麻煩了。」

「唔，關於我的事……」亞理開口。

「對了，愛麗絲是嫌犯。」廣山副教授點點頭。「你想幫她吧。」

「我不是想要凶手的命，我只是想救她一命。」

「不過，終究有人會死。而且不是因為本人犯下的罪，而是因為阿梵達所犯的殺人罪。」

「若是能夠，我想切斷兩個世界之間的死亡連鎖效應。只是，在毫無頭緒的現狀下，退而求其次，只能揪出眞凶。」

「妳叫栗栖川吧。這樣妳能接受嗎？」

「嗯，我也認爲找出眞凶是優先任務，到時再請求法庭和女王不要判他死刑。」

「淨說漂亮話。」

「咦？」

「先確保自身安全，再虛情假意地同情凶手。」

「不必講成這樣吧。」井森抗議。「她沒有送死的理由。」

「我不是要她犧牲自己，只是建議她老實一點。自身的性命最重要，只要能得救，凶手死不足惜。不過，同情他一下也無妨——不就是這麼回事？」

「妳說話眞露骨。」

「但這才是眞心話吧……我明白了。我也不願意看見眞凶逍遙法外，愛麗絲遭判處死刑。我會盡量協助你們。」

「那麼，我們對度度鳥和田畑助教採取雙面進攻吧。」

「什麼意思？」

「在兩個世界同時追查田畑助教＝度度鳥。從兩邊夾擊，他容易露出馬腳。」

「出狠招了。」

「沒時間當紳士。唔，我們最好分頭行動，在不可思議王國和現實世界展開攻勢。」

「公爵夫人沒接觸過度度鳥，我來負責田畑吧。」

「那我們就在不可思議王國追查度度鳥，先約兩天後報告如何？」

「沒問題，我都興奮起來了。」

13

眼前一堆亂七八糟的東西，層層疊疊堆得老高。

這些到底是什麼？

愛麗絲覺得很倒胃口。

那堆亂七八糟的東西是餐盤和點心，骯髒不堪。噯，這也是無可奈何。他們長年在這裡開茶會，而且茶會始終沒要結束的跡象，因此沒人會收拾點心，也不會有人清洗餐盤。只要茶會還在繼續，茶點就會源源不絕送上桌。愛麗絲十分納悶，那些茶點到底是誰送來的，既然一直都有新的茶點上桌，代表一定有人送來。某次，愛麗絲眼睛睜得老大特意等著，想看清送茶點來的是誰，才轉頭一秒，點心和熱茶又擺上桌。還有一次，是趁她打噴嚏閉眼時送來的。愛麗絲心想，能迅速把茶點送上桌，也能迅速整理乾淨吧，可惜送茶點的人對清潔整頓毫無興趣。

桌面沒有任何能再擺放東西的空間，餐盤只能疊在餐盤上，茶點、茶杯和茶壺則擱在各式糕餅上頭。即使茶杯壓爛蛋糕，茶水潑灑在桌面，也不見有人整理。桌面到處可見小水窪，水窪一點一點變大，一點一點變大，幾個水窪串連在一起，繼續擴大範圍，最後聚成一個池塘，一個小小的湖泊。不知從哪裡出現，水裡有魚在游泳，逐魚而來的水鳥降落水面，帶來的種子在水底紮根，長出一大片水草。愛麗絲得撥開水草才能找到餅乾。

「可是，湖水怎麼不會溢出桌面？」愛麗絲忍不住提出疑問。

「我小心看著啊。」瘋帽匠回答。

「只要看著，湖水就不會溢出來嗎？」

「當然。不然妳瞧瞧這裡，湖水感覺隨時要流出去，對不對？」

「對，再過兩、三秒就要流出去。」

「這種時候，學我微微提起桌布。喏，不是凸起一塊嘛。」

「對，是凸起一塊。」

「這樣就形成水壩，可阻擋水。」

「可是，應該維持不久吧。」

「不、不，如果知道我的厲害，妳就不會吐嘈我。」瘋帽匠迅速用桌布做出好幾道屏障，把湖水堵回去，弄出一座海灣。

啊，這就是我之前溺水的地方吧？

「妳到我們的茶會來，有何貴幹？」

「我沒受到邀請嗎？」

「我怎麼可能招待妳這種沒禮貌的人？」

「我真的很沒禮貌嗎？」

「不請自來，當然失禮。」

原來如此。他的話似乎非常有理，但總覺得哪裡怪怪的。不過，最好別和腦袋不正常的人爭論。

「度度鳥來了嗎？」

「為了吹乾身體，剛剛在那裡繞圈子。」

「度度鳥獨自在繞圈子（註）。」三月兔哈哈大笑。

「為什麼度度鳥會弄濕身體？」

「度度鳥聲稱掉進湖裡，眞是危機四伏。」

「瘋帽匠，還不是你害的。」

「度度鳥掉進湖裡與我有什麼關係？」

「不就是你餐桌上的那座湖嗎？」

「餐桌上有湖？怎麼可能有這種荒唐事！」

「但實際上……」

「居然說餐桌上有湖，簡直是惡夢。」三月兔套著泳圈在桌巾湖泊裡浮沉。

愛麗絲決定無視他們。

「嗨，度度鳥先生。」愛麗絲向度度鳥打招呼。

「度度鳥？妳看見那絕種的鳥類？」度度鳥環顧四周問道。

「度度鳥是在地球絕種。」愛麗絲解釋：「在不可思議王國仍活得好好的。」

「不過，還不是朝著死亡緩慢邁進？」

「如果你要這麼想，就當是這麼回事吧。」

「那隻度度鳥在哪裡？」

「要是你乖乖回答我的問題，我就告訴你。」

「喂，小心點。」三月兔向度度鳥吆喝。「你差點上當。」

「咦，哪個人差點上當？」度度鳥東張西望地問。

「不是人啦。」愛麗絲糾正。

「那是野獸嗎？」

「是一隻鳥。」

「有隻鳥差點上當？」度度鳥雙眼發亮。「我絕不能錯過。」

「爲何想看鳥上當的畫面？」

「妳看過那麼愚蠢的鳥嗎？」

「大概看過。」愛麗絲盯著度度鳥。

「那是什麼品種的鳥？」

「度度鳥。」

「噢，眞無趣。」度度鳥突然失去興致。

「怎麼會無趣？那可是度度鳥。」

「我知道。」

註：原文爲「ドードーだけに堂々巡り」，有諧音趣味，此處選擇意譯。

「你不想看度度鳥上當的畫面嗎？」
「哦，度度鳥本來就很笨，根本沒什麼好看的。」
「你怎麼知道度度鳥很笨？」
「如果不笨，怎麼會絕種？」
「有道理，不過絕種的是地球上的度度鳥，不是不可思議王國的度度鳥。」
「這個世界的度度鳥，比地球上的度度鳥聰明嗎？」度度鳥問愛麗絲。
「嗯……」愛麗絲盯著度度鳥。「這個世界的度度鳥似乎沒比較聰明。」
「瞧瞧，我就知道，簡直浪費時間。」度度鳥不開心地瞥過臉。
「乾脆忘掉度度鳥的事，要不要聽我說一下？」
「哦，我恰恰有空，倒是能聽一下。」
「喂，小心點。」三月兔向度度鳥吆喝。「你差點上當。」
「咦，哪個人差點上當？」度度鳥東張西望。
「不必把兔子的話全當真。」
「妳的話未免太過分。」三月兔抗議。
「也是，這樣對兔子頗失禮。」
「快更正！」
「好吧。你不必把三月兔的話全當真。」
「對、對，像這樣限定對象就沒問題。」三月兔表示同意。
「我本來就沒把三月兔的話當一回事，謝謝。聽妳說話十分有趣，掰掰。」度度鳥準備再度起跑。

「等等，我還沒說完。」

「怎麼？還沒說完嗎？難不成要談度度鳥的事？」

「是有關田畑助教的事。」

度度鳥不禁愣住。

「你知道田畑助教吧？」

「知道。可是，妳怎麼會知道？」

「我也在地球。」

「沒錯，我想起來。妳確實出現在我的夢裡。妳在地球是……」

愛麗絲望向瘋帽匠和三月兔。

他們刻意不看愛麗絲。

最好不要讓那兩人聽見。

「那件事晚點再談。」

「哦，好吧。現在要談什麼？」

「獅鷲的事。」

「獅鷲？最近死掉的獅鷲？不好意思，我和他不熟，也不算朋友。」

「可是，你在地球上認識他吧。」

「咦，他是誰？」

「篠崎教授。」

「誰？」

「你的前任上司。」

「哦哦，他是叫這個名字沒錯。」

「你連上司的名字都不記得嗎？」

「誰會認眞去記夢中出現的人的名字？」

「嗳，倒也沒錯。」愛麗絲應道。

「咦，你們想喝錫蘭茶（註）？」三月兔向他們搭話。

愛麗絲無視他，繼續問度度鳥：「你對獅鷲有什麼看法？」

「剛剛提過，我和獅鷲不熟。」

「那篠崎教授呢？」

「我沒見過那位教授。」

「但田畑助教經常見到他。」

「對。可是，我不覺得自己是田畑。」

「你記得田畑助教的想法和經歷吧。」

「對。可是，我總覺得那不是自己的事。」

「在地球的自己，和不可思議王國的自己之間，同步程度似乎因人而異。有人覺得那就是自己，也有人只能以第三者的客觀角度來看，你似乎屬於後者。那麼，田畑助教對篠崎教授有何看法？」

「怎麼看啊……」

「他把一堆工作推給田畑助教，田畑助校是不是覺得他很煩人？」
「不，怎麼說……」
「請老實告訴我。」
「搞什麼，妳在訊問我嗎？」
「訊問？」瘋帽匠喊道。「訊問是我的工作，不要隨便搶別人工作！」
「究竟怎麼回事？」度度鳥問。
「那女人想陷害你。」三月兔應道。
「『陷害我』是什麼意思？」
「就是『陷害你』啦。」
「眞的嗎？」度度鳥問愛麗絲。
「我不是要陷害你。不過，關於你——田畑助教，我有些事想調查。」
「你覺得田畑助教是凶手？」
「我不認爲他是凶手。只是，他可能有殺人動機，我想進一步確認。」
「這就是在懷疑他吧？」
「不是懷疑他，純粹是想過濾各種可能性。」
「如果妳沒一絲懷疑，根本不會想調查他。」
「度度鳥，說得好！」三月兔起鬨。

註：愛麗絲原話爲「正論」，日文發音與錫蘭茶近似。

「那是……」愛麗絲吞吞吐吐。

「怎樣？」度度鳥追問。

「妳應該誠實回答。」比爾不知何時站到愛麗絲身邊。「要是我們不誠實，對方也不會誠實回答。」

「也對……坦白講，我並未排除田畑助教是凶手的可能性。」

「雖然拐彎抹角，但妳就是在懷疑我吧？」度度鳥受到打擊。

「因爲我們得到情報，田畑助教可能對篠崎教授心懷怨恨，希望你能諒解。」

「田畑不可能是實行犯。」

「對，實際犯案想必是在這邊的世界。」

「聽妳的意思，是我殺害獅鷲？」

「我只是在討論這種可能性，還請理解。」

「換句話說，這女人預設辦案立場。」瘋帽匠嚷嚷。「簡直不可原諒。」

「那我不會再開口。」度度鳥鬧起彆扭。

「如果你不是凶手，只要你解釋清楚，今後我不會再懷疑你。」

「『如果』？『如果你不是凶手』？我明明不是凶手，爲何妳要用這種假設的語氣說話？」

「瞧瞧，要是相信那傢伙，你會吃苦頭。」三月兔從旁煽動。

「三月兔太誇張。我不過是問一下情況，不是什麼大事。告訴我實情，搜查有進展後，我不會——」

「妳說夠了吧，我很忙。」度度鳥不開心地撇過臉。

「度度鳥先生……」

然而，度度鳥無視愛麗絲，在原地繞著圈子跑。

「喂，哈囉。」愛麗絲不死心，繼續搭話。

「妳是在白費力氣。」比爾勸道。

「可是，好不容易得到這個線索……」

「遭受懷疑沒人會高興，這一點妳不是最清楚？」

「不過，這樣就不能繼續搜查了。」

「所以才會有搜查官。偵探調查犯罪案件很難成功，主要就是得不到一般市民的協助。」

「現下井森君有一部分附在你身上吧？」

「我試著喚他出來，雖然不是十分順利。」

「你怎會冒出這種念頭？」

「我覺得自己發現一件與眞凶有關的重要事情。」

「眞的嗎？是什麼？」

「不知道。」

「咦，你不是發現了嗎？」

「我是說『覺得自己發現』。」

「聽不懂。你是發現了，還是沒發現？」

「總之，一切都很模糊。」

「我愈聽愈不懂。」

「就是井森在我的內心深處，大喊著『我知道了』。」

「他知道什麼？」

「某人說出凶手碰巧得知的事。」

「是誰？『凶手碰巧得知的事』又是指什麼？」

「妳要去問井森。總之，是與眞凶有關的大事。」

「你怎麼可能不知道，你和井森君是同一個人啊。」

「現在我覺得不是同一個人，我們只是互有連結。」

「但你們確實連結在一起。」

「是的。」

「那你問他，凶手是誰？」

「我主導的時候，井森的存在比例微小，無法清楚說出他的想法。」

「眞是急死人，那我們該怎麼辦？」

「井森主導的時候，如果把推理的結果牢記在心，我就能記住。不過，要我把複雜的推理過程記起來八成很困難。或者，妳也可去問井森。」

「我？」

「應該說是栗栖川亞理吧。妳和井森最近不是十分親密？」

「你似乎有誤會。」

「至少井森是這麼認爲。」

「這是井森君心底的祕密吧？等井森君回想起你現在說的話，他會非常懊悔。」

「這些話不能說出來嗎？」

「也不是不行。沒關係，反正亞理已隱約察覺。」

「可是，這之間有誤會。」

「不只是我誤會，井森也誤會了。」

「對，你有誤會。」

「嗯，沒錯。」

「井森會不會失望？」

「不知道。比起那件事，更重要的是，你能不能設法從意識深處挖出關於眞凶的推理？」

「要是如此容易，我就不會那麼辛苦。」

「眞的沒時間了，無法等你在不可思議王國和地球來來去去。加把勁，我現下就想知道凶手是誰。」

「可是……」比爾一臉困擾。

「不好意思，在你們忙碌的時候打擾。」瑪麗安不知何時走近。「我有訊息要給比爾，現下方便嗎？」

「啊，請。」愛麗絲後退一步。

「咦，有人傳訊息給我？」比爾不安地問。

「是公爵夫人。」

「哦，如果是公爵夫人就沒問題。她是我們的同伴。」

「她也有不在場證明。」愛麗絲補充。

「老是在意對方有沒有不在場證明，沒人會和妳當朋友。」

「嗯，對不起。說起來，眞正有不在場證明的只有你、女王和公爵夫人，所以不在場證明其實沒什麼意義。」

「我？」

「獅鷲遇害的時候，你和我在一起。」

「是嗎？」

「對，不過你不必在意那件事。」

「啊，是什麼訊息？」

瑪麗安交給比爾一張紙。

「這張紙是用來擤鼻涕，還是擦屁股？」

「上頭寫著公爵夫人給你的訊息。」

「寫了什麼，妳幫我看。」

「咦，這樣好嗎？」

「太多字，我讀不來。」

「你明明已念到研究所……」愛麗絲圓瞪雙眼。

「念研究所的是井森，我只是一隻蜥蜴，識字就很厲害了。」

「那我幫你看吧。」瑪麗安攤開紙。

「『親愛的比爾，關於上次商量的那件事，我有消息要通知你。務必獨自趕赴公爵宅邸後院的小倉庫。公爵夫人。』」

「『趕赴』是什麼？」比爾問。

「希望你盡快過去。」

「她發現有關眞凶的線索？」

「我也一起去。」愛麗絲說。

「還是不要吧。」

「爲什麼？」

「訊息寫著『務必獨自趕赴』。」

「有必要嚴格遵守嗎？讓我同行不會怎樣吧？」

「不覺得公爵夫人猜到妳會跟來嗎？」

「嗯，也對。」

「所以，她的意思是：別帶愛麗絲過來。」

「爲什麼？」愛麗絲十分不悅。

「大概是不方便讓妳知道的事。比方，唯有凶手知道的情報之類的。」

「我裝作不知道不就得了。」

「妳可能會不小心說出口。打一開始就不知道，便不會造成這種危機。況且，我們一起行動不太好。」

「怎麼說？」

「要是注意到我們的行動，凶手不可能沒動靜。妳、我和公爵夫人待在同一個地方，或許會有危險。」

「你的話確實有理。」

「搜查一旦有進展，我會立刻通知妳，或透過井森找栗栖川亞理。」

「瞭解，你要盡快聯絡我。」

望著比爾搖搖晃晃離去的背影，愛麗絲莫名感到一絲不安。

14

「廣山老師！」亞理在車站前看見廣山副教授，朝她揮了揮手。

兩名國中生站在她面前，穿著打扮邋遢頹廢，不像她會來往的人。他們從廣山副教授手中接過一些鈔票。

國中生瞥亞理一眼，往地上吐一口唾沫，旋即離開。

「太感謝妳了。」廣山副教授跑向亞理，彷彿鬆一口氣。

「發生什麼事？」

兩人走向大學。

「他們纏上我，突然威脅『想要保命就交出錢』。」

「您給他們錢了嗎？」

「我不想受傷，也不想被殺啊。畢竟我沒力量反擊，連呼救都不行。」
「他們看到我就跑掉。」
「大概目的已達成。現今恐嚇搶錢都這麼直接嗎？」
「一般會說『借我一些錢』之類的吧？」亞理思索片刻，「我有點在意『想要保命』這句話。」
「什麼意思？」
「我聯想到連環命案。」
「怎麼可能，純粹是碰巧吧。況且，現實世界只發生一起命案。」
「不能保證他們和眞凶無關，這可能是警告。」
「妳會不會想太多？如果是來自凶手的威脅，不至於拿我的錢吧。」
「搞不好是障眼法。」
「一產生疑心，就會沒完沒了。總之，我會去報案，等他們落網——或者該說接受輔導，或許能得知一些線索。」
「會嗎？若是未成年犯，警方不會向受害者透露他們的資料。」亞理語氣焦躁。
「對了，田畑助教的反應如何？」
「田畑？發生什麼事？」
「我們直接去問他。」
「問田畑？」
「是度度鳥，愛麗絲問的。」

「指認他說『你就是凶手』？」

「哪可能，只是問他對篠崎教授的想法。」

「他怎麼回答？」

「什麼都沒說。」

「這是當然的啊。直接問這種像在暗示殺人動機的問題，對方自然會覺得你們懷疑他是凶手。」

「由於辦案需要，愛麗絲才會魯莽地問他。」

「你們對度度鳥也這麼說？」

「對，好好解釋過了。」

「可是，度度鳥不肯回答。」

「您怎麼知道？」

「嗯，這不是一般人會有的反應嗎？」

「傷腦筋，爲了套出證詞，我是不是該道歉？」

「現在講什麼都是反效果，度度鳥只會更頑固。」

「是嗎？總之，我先去找井森君商量。」

「咦？」廣山副教授小聲驚呼。

「怎麼？」

「妳還沒聽說井森君的事嗎？」

忽然湧現討厭的預感。要是能夠，亞理想當作沒聽見剛剛那句話。

可是，不聽又不行。

「對，我完全沒聽說。井森君發生什麼事？」

「必須先確認比爾遇上什麼事，但至少在現實世界，警方當成意外處理。」

「究竟發生什麼事？」亞理感覺自己的身體在顫抖。

「我也不是很清楚，只曉得井森君出了意外。」

「您從哪裡聽來的？」

「田畑那裡。」

「他怎會知道？」

「我們告訴他的。」抵達校門時，亞理身後傳來熟悉的話聲。

亞理回頭望去，原來是谷丸警部和西中島巡查。

「井森君受重傷嗎？」

「對，非常嚴重的傷。」

「不過，沒有生命危險吧。」

「這種消息妳從何處得知？」

「沒人告訴我，我只是這麼覺得。」

「根據呢？」

「沒有根據，我只是這麼覺得。」

「是嗎？」西中島搔搔頭。「警部，你要問她什麼嗎？」

「在我們提問前，應該先回答她的問題。」

「的確，這倒是。」西中島看著亞理準備開口，又突然閉上嘴。

「西中島，怎麼啦？」

「不行。」西中島泫然欲泣，「我辦不到。」

「換我來吧。」谷丸警部露出覺悟的表情。「在這之前，能不能請教一件事？」

「在回答我的問題之前，你們到底要問我幾個問題？」

「基本上，只剩一個問題。如果有其他疑問，也可能追加，但現在請先回答這個問題。妳是井森君的未婚妻、女友，或類似的關係嗎？」

亞理思索片刻，搖搖頭。「不，我不是。」

「所以，你們是普通朋友嘍。」

「算是熟人以上，朋友未滿。」

「換句話說，不管他有何遭遇，妳都不會在意吧。」

「朋友或熟人碰到不好的遭遇，自然會擔心不是嗎？從剛才開始，你們到底在扯什麼？」亞理漸漸不耐煩。

「直接給她看那個，可能有點勉強。」警部自言自語。

「唔，是啊。」西中島表示同意。「給她看照片如何？」

谷丸警部默默點頭。

西中島從口袋掏出照片。「找到他的時候，大概是這種情況。」

起初，亞理看得一頭霧水。

那是套著人類衣服的不明紅色物體。

仔細一瞧，上頭有些細微的凹洞和凸起。如同在看靈異照片，發現三個洞就覺得像人臉，亞理也覺得那個物體與人臉有幾分相似。

不，更接近骷髏。這排參差不齊的東西像牙齒，那團稀疏的灰塵挺像頭髮的殘骸。

不過，要看出整體輪廓得發揮想像力，光憑一眼，只覺得彷彿孩童用紅色黏土捏失敗的怪獸。

「這是什麼？」

「果然不說明不行嗎？」西中島語帶遺憾。

「突然看到這種景象，猜得出是什麼的估計沒幾人。」谷丸警部應道。「西中島，你和她解釋一下。」

「唔……」西中島的目光飄向遠方。「這張照片裡的衣服，妳有印象嗎？」

亞理看著衣服，不記得見過如此鮮紅的衣服。

「我沒有這麼紅的衣服。」

「這不是妳的衣服，這衣服也不是紅色。」

「那究竟是什麼？」

「這是井森先生的藍衣服啊。」

「我不懂你的意思。」

「噯，是非常簡單的一句話。『這是、井森、先生、的、藍、衣服、啊』，就七個字詞，語尾助詞的『啊』沒有實質意義。」

「我不是指這個句子困難。」

「不然是哪裡困難?」

「要理解這張照片和你的話之間的關係很困難。照片裡的衣服明明是紅色。」

「對,是紅色。」

「那就是一件紅衣服。」

「唔,在這個時候算紅衣服吧。不過,原本是藍色。」

「是被染紅嗎?」

「是的,沒錯!確實是被染紅。」

「那個紅色到底是……」亞理猛然領會,「那是血嗎?」

「就是血。」

「是誰的血?……啊,不,你可以不說……」

「是井森先生的血。」

「啊啊啊啊。」亞理不由得發出沮喪的哀號。

看來,他的傷勢果然很嚴重。

「井森君的狀況如何?」

西中島有些困窘,以食指搔搔鼻頭,輕輕點兩下照片上的紅色物體。

「這塊紅色黏土哪裡不對勁?」

「不,這不是黏土。」

「那到底是什麼?從剛才開始,你們一直顧左右而言他,快告訴我真正的情況。」

「是臉。」

「咦？」

「這是臉。」

「你們用紅色黏土捏成一張臉？」

「這不是紅色黏土。」

「不然呢？」

「主要是撕爛的肌肉，及脂肪的殘渣……這部分是軟骨，這是牙齒，這裡大概是一部分的腦漿。」

「你們用紅色黏土捏成一張臉？」

「這不是紅色黏土。」

不然呢？

不，你不必說出來。

「這就是井森先生。正確地說，是井森先生的臉。」

「臉……？」

「不過，皮膚、脂肪、眼球和肌肉都不見一半，不能算是臉了吧。畢竟缺少眼睛和鼻子，也做不出表情。」

「是在……開玩笑吧。」

「我們才不會開這麼惡劣的玩笑。」

不要啊啊啊啊啊！

亞理想尖叫，卻喊不出聲，只能哈呼哈呼地吐出空氣。她雙腿發軟，跌坐在地。

「唉，他屍體的狀態實在淒慘。」

「屍體？」亞理反覆思考這個詞的意思。

誰的屍體？

「對。幸運的是，他已成為屍體。」

「幸運？」

誰的幸運？

「嗯。這種狀態下，與其活著，變成屍體還比較幸運。」

亞理從西中島手裡搶過照片。

紅色黏土在她眼中漸漸成形，慢慢變成一張恐怖的人臉。

皮膚剝除，肌肉撕得稀巴爛。眼球消失無蹤，鼻腔外露，連深處副鼻腔口都看得見。眼窩和鼻腔之間的骨頭，莫名開一個大洞，露出軟綿綿的身體組織。

嗚嘔！

亞理聽見不悅耳的黏稠液體滴濺聲。

「哎呀，請小心一點。」

「咦？」

「請小心別弄髒照片。」

哦，原來我在嘔吐。

為什麼會吐？我生病了嗎？

「抱歉。」亞理摀住嘴巴。

有東西沿著她的指縫擠流出來。

「警部，怎麼辦？她吐得這麼慘。」

「嗯，對她果然太刺激。我以爲她膽子挺大，但那畫面仍過於殘酷。」

殘酷？哦，我是看到井森君的屍體才覺得不舒服，不是生病。可是，我怎麼沒發現自己吐了呢？

約莫是事實太過恐怖，潛意識拒絕接受。一旦潛意識有所理解，身體會做出相符的反應。

該怎麼辦？繼續拒絕接受事實？不，不行。我弄清楚了。

「我不要緊……嗚嘔！」

「不，妳不像沒事的樣子。妳又吐啦。」西中島頗傻眼。

「反正胃裡的東西遲早會……吐光。」

「也對，現下妳吐出來的都是胃液。」

「到底發生……什麼事？他遭到殺害嗎？」

「不，是意外。至少在這邊的世界是意外。」

「那邊……是什麼情況？」

「還不清楚，明天早上起床就會知道。」

「到底發生……怎樣的事故？」

「哦，妳眞的吐不出東西，只剩反胃的感覺。」

「請告訴……我。」

「他似乎是喝醉。」西中島掏出口袋裡的紙巾，擦拭照片。「他醉得十分厲害，倒在路邊睡著。」

「有目擊者嗎？」

「沒有，這是依情況證據做出的推測。然後，他在睡夢中嘔吐……如同現在的妳。」

「所以他是窒息身亡？可是，窒息不至於會……變成那種狀態吧？」

「沒錯，那不是窒息造成。井森先生雖然醉倒，並未窒息。」

「那他怎會變成那樣？」

「因爲野狗。」

「咦？」

「其實，近來野狗幾乎絕跡，但也不是完全絕跡。昨天衛生局就留置一隻狗。」

「留置？」

「嗳，如果找不到飼主，牠應該會遭撲殺。」西中島看著手帳。「由於那隻狗渾身是血，衛生局通知警方：我們發現一隻沒受傷卻血跡斑斑的狗，是不是有人被咬？最後，警方找到井森先生。」

「他遭到野狗襲擊？」

「應該說，是被嘔吐物味道吸引來的野狗吃掉。我是指井森先生的臉。」

「乖乖讓狗吃掉自己的臉……怎麼可能？」

「就是啊。遺憾的是，井森先生當時爛醉如泥。即使發現自己的臉遭啃食，也會因震驚和失血過多，失去意識。」

「這算他殺嗎？」

「是一起意外。」

「有這種意外嗎？」

「如果妳問我有沒有，答案是有。眼前就是這種情況。」

「他是遭到殺害。」

「不，是意外。」

「有證據顯示這是一起意外嗎？」

「沒有他殺或自殺的證據，就是意外。」

「我無法接受。」

「眞傷腦筋。不過，我們不需要取得妳的諒解。」

「我也覺得這樣的意外很奇怪。」廣山副教授出聲。

「您是……？」谷丸警部問。

「敝姓廣山，是大學副教授。」

「廣山老師……最近似乎在哪裡聽過您的大名。」

「我是篠崎研究室的成員。」

「哦，就是那位食物中毒過世的……」

「那也是一起殺人命案。」

「我不能當成沒聽到這句話，您是說眞的嗎？」

「對，是真的。」

「您有證據嗎？」

「有，是栗栖川同學告訴我的。」

「栗栖川小姐，妳有證據嗎？」

「我沒有證據。」

「所以，只是你們的推測？」

「不只是推測，這是事實。」

「這下就傷腦筋了。」

「裝傻請適可而止，你們心裡有數吧。」

「但那僅僅是一種假設。」

「那不僅僅是假設。」

「妳是想說，儘管沒有客觀存在的物證，卻是親身經驗？」

「對，就是這樣。」

「那不過是妳的主觀認定。」

「這是一種無法提出客觀說明的現象，我也莫可奈何。」

「沒有證據警方無法行動。」

「意思是，不能指望你們？」

「我沒這麼說。只是，在目前的狀況下，要保護你們有難度。」

「那我們該怎麼辦？乖乖等死嗎？」亞理忍不住加重語氣。

「妳也被盯上了嗎？」

「她的情況有些不同。」廣山副教授解釋。

「情況不同？」

亞理對廣山副教授搖頭，但她似乎沒注意到。

「對，我認爲她不是遭凶手直接盯上。但繼續發展下去，她也會死。」

「什麼意思？難不成……」

「我懂了！」西中島喊道。「她就是愛麗絲，連環命案的頭號嫌犯。」

「原來如此。」谷丸警部雙眼一亮。

「能不能請教一下？」西中島問。「妳眞的不是凶手嗎？」

「我才不是凶手。」

「可是，從情況證據研判，妳的嫌疑最大。蛋頭人遇害時有人目擊妳的身影，之後發生的命案，妳也沒有不在場證明。此外，白兔和比爾跟妳十分親近，經常與妳一起行動，或許注意到蛛絲馬跡。」

「你的意思是，白兔和比爾掌握不利於她的證據，所以遭到滅口？」廣山副教授問。

「這種說法，豈不在暗示栗栖川小姐就是凶手嗎？」西中島語帶不滿。

「你一直是這種口吻啊。」谷丸警部應道。

「哪種口吻？」

「暗示栗栖川小姐就是凶手的口吻。栗栖川小姐，眞不好意思。」

「沒關係，我有嫌疑是事實。」

「警部，現在怎麼辦？要派人監視她嗎？」

「這麼做沒意義，凶手是在那邊下手的……啊，我不是說妳是凶手，栗栖川小姐。」

「我們會在那邊好好監視妳，沒問題吧？」西中島提出警告。

「蛋頭人遇害時，要是你們好好監視我，之後發生那些命案，我也不會遭到懷疑……」

「對不起，我們沒料到會演變成連環命案。」

「結論呢？她是凶手嗎？還是，另有眞凶？」廣山副教授面露不安。

「目前不能斷言。」

「萬一她是凶手……萬一，我找到她就是凶手的證據……」

「妳可能會遭滅口。」西中島接過話。

「這種情況絕對不會發生，請放心。」亞理反駁。

「若凶手不是她，而是另有其人呢？」廣山副教授問。

「爲了把罪名推到她身上，老師可能會遭眞凶滅口。」西中島推測。

「等一下，這算什麼？」

「如同我現在的說明。」

「怎麼會有這種荒唐的情況？我只是聽他們提過。」

「他們？」谷丸警部問。

「就是她，和今天死掉的那位。」
「他們和妳說過這件事。」
「對。他們突然來我研究室，聲稱不可思議王國和現實世界的死亡是連鎖的。」
「原來如此，你們一直獨力進行調查。」
「我們是爲了保護自己。」亞理解釋。
「可是，你們並非專業的搜查官。」
「搜查官値得信任嗎？」
「妳也只能這麼做。」
「辦不到。你們沒幫上李緒學姊和井森君，不是嗎？」
「得到你們的協助，或許能幫上他倆。」
「即使想協助，我也沒什麼可提供的情報。」
「眞的？井森君不會無緣無故被殺。他提過和凶手有關的事嗎？」
「沒有。」
「那比爾呢？妳有沒有聽說什麼？」
「對了，比爾提過『我覺得自己發現一件與眞凶有關的重要事情』。」
「咦，是什麼重要的事情？」
「不知道。」
「這麼重要的事情，爲何不問？」
「我也想問，但比爾想不起來。」

「所以，那是井森君的推理？」
「沒錯。只是，對比爾而言，他的推理太複雜。」
「那傢伙眞會添麻煩。」西中島面無表情地說。
「井森君發現一件與眞凶有關的重要事情，凶手大概是得到消息。」谷丸警部猜測。
「我要退出！」廣山副教授一臉泫然欲泣。「栗栖川同學，對不起，我太害怕了。這樣下去，我也會被殺掉。」
「只要眞凶不落網，危機就不算過去。」谷丸警部繼續道。
「是啊。可是，我也沒有其他辦法。」
「您不妨協助我們調查。」
「可是，我眞的什麼都不知道啊。」
「您有沒有想到任何可疑之處？現實世界也好，不可思議王國也行。」
「對了，我還沒告訴栗栖川同學一件事。」
「什麼事？」
「不，我不想說了。」
「理由呢？」
「這可能是不利於凶手的事。」
「這麼一來，我們更想知道。」
「不行。目前有四人遇害，誰能保證下一個不會是我？」
「傷腦筋。只要凶手落網，妳就不會有危險。」

「你們又不能在現實世界逮捕凶手。」

「或許是這樣。可是，只要得知凶手的身分，我們就能採取應變措施。而且，如果凶手是在不可思議王國殺人，我們也能逮捕他。」

「在夢中逮捕他根本沒用吧？」

「唔，是這樣沒錯……」

「不好意思，我能不能先離開？繼續牽扯下去，我精神上實在承受不住。」

「是嗎？嗳，實在沒辦法。不過，要是回心轉意，請一定要告訴我們。」

「我是不會回心轉意的……還有，栗栖川同學。」

「啊，是。」突然被喊到名字，亞理不禁心跳加速。

「非常抱歉，我恐怕無法幫忙追查凶手。等這件案子結束，歡迎妳到我的研究室玩。」

「好的。我才要向老師道歉，把您牽連進來，害您受驚，實在對不起。」

廣山副教授小心翼翼注意四周，小跑步離開。

「唉，這下該如何是好？」谷丸警部露出一籌莫展的表情。

「在煩惱什麼嗎？」

「就是關於妳的處置。放任妳在外面亂闖妥當嗎？」

「畢竟妳可能會逃亡或隱蔽證據。」西中島附和。

「又把我當成凶手嗎？」亞理板起臉。

「這只是一個可能性的問題。」

「如果她是凶手，我不擔心。萬一她不是凶手，我反倒要擔心。」
「爲什麼？警部，你是擔心凶手會殺害她？」
「這種可能性幾近於零。凶手若想把罪名推給她，她死掉會產生反效果。」
「那她不是挺安全？您在擔心什麼？」
「她身邊的人會有危險。剛剛廣山老師不也在擔心這一點？」
「您是指，廣山老師會有危險？」
「沒錯，因爲她和栗栖川小姐走得很近。」
「不，我們沒那麼親近。」亞理連忙解釋。「連今天在內，我們只見過兩、三次面。」
「問題不在於你們是不是眞的親近，而是周圍的人怎麼想。」
「還有，我們在不可思議王國的關係也相當疏遠，只在很久以前碰過一、兩次面。」
「哦，妳們在那邊認識彼此嗎？」
「不，算是過去式。最近我們完全沒見到面。」
「她是誰？」
「我不太想說。」
「妳不願意提供情報給我們？」
「我不曉得你們聽完會不會改變態度，在那邊限制她的行動。」
「我向妳保證，我們絕不會這麼做。」

怎麼辦？這兩人在那邊與我們爲敵，搞不好會危害廣山老師。可是，和他們打好關係，包括廣山老師在內，或許能組成強大的陣線。

「她是公爵夫人。」

西中島停下做筆記的手，「眞的嗎？」

「對。」

「是公爵夫人嗎？」警部話中夾帶嘆息。

「廣山老師是公爵夫人不好嗎？」亞理問。

「呃，要說好不好，是不太好。」

「會嗎？沒那麼糟吧。」西中島不以爲然。

「是這樣嗎？」谷丸警部反問。

「那麼麻煩嗎？」亞理納悶。

「嗯，對。」警部回答。「該怎麼說，她在那邊是有力人士。」

「沒錯，她是有力人士。」西中島開口。

「有力人士不好嗎？」亞理繼續問。

「說不好嘛……噯，傷腦筋。」警部一臉困擾。「西中島，你認爲呢？」

「我們不需要在不可思議王國審訊公爵夫人，在現實世界查問廣山老師不就得了？」

「唔，這倒也是。」

「你們會調查這邊的世界吧？」亞理問。

「嗯，看樣子不調查不行。」谷丸警部極不情願。「唉，再看看情況吧。」

「我以爲不必再調查她的事。」

「要是順利就好了。」谷丸警部開口。

「對，我也同意。再看看情況吧。」西中島贊成。

這些人是怎麼回事？不敢得罪權力者嗎？

亞理益發感到幻滅。

15

小倉庫陰濕的感覺我挺喜歡的，比爾心想。

不過，這是我第一次來公爵夫人家後院的小倉庫。

「有人在嗎？」比爾在小倉庫入口鄭重打招呼。

仔細一想，其實應該在後院入口處打招呼。

可是，後院入口附近空無一人，甚至沒裝上門。既然是可自由出入的空間，直接進去也沒關係吧。

小倉庫四周不見人影，但小倉庫畢竟有扇門，還是不該擅闖，應該打聲招呼，請人幫忙開門才合乎禮節。

然而，毫無回應。

沒人在裡面嗎？

比爾豎耳傾聽。

裡頭似乎有聲響。不像人類活動的沙沙聲，倒是挺像肉食動物飢腸轆轆的聲響。

可是，不該出現這種情況，此處可是公爵夫人家後院的小倉庫。即使公爵夫人飼養肉食動物，也不會養在小倉庫裡。

不過，我就是肉食動物，而且不討厭這種陰濕的感覺。難不成公爵夫人飼養和我習性相近的肉食動物？

「有人在嗎？」比爾再次鄭重打招呼。

依舊沒有回應。然後，比爾聽到像肉食動物發出的聲響。

比爾輕輕敲門。

還是沒有回應，那像肉食動物發出的聲響也沒有變化。換句話說，牠對比爾的造訪並無反應。

該不會裡頭的動物聽不懂我的話？

不可思議王國的動物分成兩種：跟地球的動物一樣聽不懂人話的野生動物，及如同比爾、三月兔或柴郡貓，聽得懂人話的擬人化動物。

他們不曉得爲何只有特定動物具備擬人能力。精確地說，或許人類也分成擬人化和非擬人化兩種。由於無法區分擬人化的人類，和非擬人化的人類，究竟人類是不是眞有兩種，至今仍是個謎。

反正，無論是不是都不會造成妨礙，比爾並不在意。

眼下的問題是，他到底要不要進去小倉庫。

公爵夫人的信上寫著要我進去，如果我不進去，顯得很沒禮貌。然而，沒得到准許便擅自闖入，也十分沒禮貌。

不，既然公爵夫人要我進去，代表我獲得許可了吧。那我得進去才行。

啊啊，好麻煩，腦袋感覺快打結。如果我有井森的腦袋，就能釐清混亂的思緒。

說到這裡，關於那個凶手，我似乎想起一件事。到底是什麼事？

總覺得倉庫裡的肉食動物愈來愈激動。

換句話說，牠注意到我了嗎？察覺我散發的體味，還是超音波、紅外線或電磁波嗎？不過，我的體味很淡，牠的鼻子肯定超級敏銳，不然就是接收到氣味以外的信號。

搞不好，那道聲響的變化是要我進去的意思。

苦惱許久，比爾想出一個折衷的辦法。

一面打招呼，一面走進去。這麼一來，對方至少知道我沒有偷東西的邪念。

「哈囉，我要進來了。可以嗎？我不是小偷。我準備打開門，希望你不會嚇一跳。我進去嘍。現下，我在扭動門把，開了一條門縫。繼續敞開門，我看見倉庫裡的景象。沒看見人，不過你一定在裡頭吧。我要走進去了。我踏出一步，另一隻腳也踏進去，終於進入倉庫。我關上門了。啊，這下漆黑一片。」

比爾擁有一定程度的夜間視物能力，也能感知紅外線，行動不至於受限。

對了，根據井森的知識，地球上有頰窩器官（註一）的不是蜥蜴，而是蛇。難道我不是蜥蜴，其實是一條蛇？可是，蛇沒有手腳。啊，金蛇（註二）似乎有腳。牠算蛇，還是蜥蜴？究竟是哪種？等我下次變成井森的時候，要仔細想一想。

不過，這裡實在太暗，稍微打開門，讓屋內明亮一點吧。畢竟公爵夫人是人類，環境明亮一點比較好。可是，愛麗絲提過，公爵夫人的寶寶是頭小豬，或許她不是人類。那她是什麼？人豬？

比爾再次握住門把的瞬間，聽到喀嗒一聲。然後，門就再也打不開。

咦，怎麼回事？門上鎖了嗎？我做錯什麼？噯，不要緊，再請公爵夫人幫我開門吧。如果公爵夫人不在這裡？就請那隻肉食動物幫我開門好了。

要是那隻肉食動物聽不懂人話，該怎麼辦？不僅如此，要是那傢伙體型比我龐大呢？可能不會當我是朋友，而是把我當食物。我才不願意。我不習慣被吃掉。

「不好意思，公爵夫人在嗎？門被鎖上了。我關在裡頭很害怕，能不能幫我開門？這裡似乎有一隻肉食動物。」

咚！

不明生物撲到比爾身旁。

體型很大，約莫是比爾的十倍大。

空氣中瀰漫著腥臊味。

那生物滴滴答答流著口水。

「呃，不好意思。」比爾向那頭動物開口。「你聽得懂我的話吧。我出不去，能不

註一：pit organs，能夠偵測紅外線，用於獵食或調節體溫。

註二：又稱日本草蜥，狀似蜥蜴，但比蜥蜴細長，尤其是尾巴。身體呈金色或褐色，故名金蛇。

能麻煩你幫我開門？」

那頭動物發出燃燒東西般的咻咻聲，全身微微冒煙。

怎麼可能？

比爾慢慢後退。

是我多心，不可能發生這種事。

野獸發出咆哮。

灰燼朝四面八方飛散。

這是一頭狂怒冒煙的班德史納奇怪獸（註一）！

比爾是隻樂觀的蜥蜴，隨時隨地都能輕易保持心情開朗。

然而，這一瞬間，比爾陷入絕望。

近在咫尺之處，出現狂怒冒煙的班德史納奇怪獸。比爾想不到更絕望的情況。足以匹敵的，大概只有發現身旁的蛇鯊是隻布吉姆，或與炸脖龍交戰卻沒有屠龍劍（註二）吧？

那隻班德史納奇怪獸在狂怒冒煙，這一點不會有錯。

比爾環顧四周，暗想有沒有地方躲藏。

亂七八糟的雜物堆積如山，畢竟這是一間倉庫。盡頭有一道通往二樓的樓梯，坡度很陡，近乎垂直。與其說是樓梯，更像梯子。不過，比爾是隻蜥蜴，這不成問題。問題出在那隻狂怒冒煙的班德史納奇怪獸，比爾一邁出腳步，恐怕就會被牠咬死。

當然，順利爬上二樓不代表得救，但留在原地只剩幾秒可活。

比爾拔腿逃跑。

班德史納奇怪獸的脖子以快比爾數倍的速度伸長，咬下他身上的肉。

趁班德史納奇怪獸啃食尾巴肉，比爾衝上樓梯。

幸好我想起自己是一隻蜥蜴，切斷尾巴的時機再遲一秒，我早就成爲一堆肉片，躺在班德史納奇怪獸的胃袋裡。

比爾站在二樓。

……這麼想著，比爾忽然摔倒。

怎麼回事？是我腿軟嗎？

不過，怎麼感覺不太一樣？

失去尾巴我就站不穩？

不無可能。相機的腳架有三支腳才站得住，剩兩支會立刻倒下吧。

如果不能站，我該怎麼辦？像蜥蜴用爬的嗎？嗳，反正我本來就是隻蜥蜴。

比爾回頭檢查尾巴。

尾巴比想像中短。比爾以爲傷口在更下方，不料屁股以下的部位全消失。鋸齒狀的

註一：Bandersnatch，出現在《愛麗絲鏡中奇遇》一首無厘頭詩作〈炸脖龍〉（Jabberwocky）裡的虛構生物。作者並未特別著墨牠的外型，但描述牠動作迅速，用強力下顎捕獵，脖子可伸長。

註二：Vorpal Blade，此一情景典出《愛麗絲鏡中奇遇》的〈炸脖龍〉一詩。

傷口正大量出血。

不對，這不是我切斷的傷口，而是被咬斷的。在我主動切斷尾巴前，班德史納奇怪獸早一步咬下我的尾巴。

接著，比爾低頭檢查腳。

摸到右大腿，他發現大腿以下都不見。

右腳隨尾巴一起被咬掉。

班德史納奇怪獸實在太嚇人！

那左腳呢？

左腳情況較好，只有腳掌被咬掉。

反正已不能走路，沒什麼值得高興的。對了，尾巴能再長出來，腳呢？記得尾巴的骨頭也無法再生，腳更不可能吧。以後會很不方便。

傳來恐怖的咆哮聲。

這麼快就吃完我的尾巴和腿？希望牠肚子飽飽的，但牠肯定不滿足。我還是趕緊逃吧。

比爾以手臂支撐身軀，匍匐前進。

不行，這樣太慢，而且血跡會暴露我的行蹤。

該怎麼辦？如果是井森，一定能想到好方法。不過，我的體內存在井森的一部分，喚醒他多少會有幫助。

班德史納奇怪獸非常高大，恐怕比倉庫大。比倉庫大的東西硬要擠進來，行動想必不方便。加上美其名是二樓，其實是座閣樓，比一樓狹窄，樓梯也是既小又脆弱。班德史納奇怪獸很難上來吧。

我乾脆待在原地，等班德史納奇怪獸離開？

大概行不通。我失血過多，馬上就要死掉。那麼一來，井森也會死，亞理會非常難過吧。至於我死掉愛麗絲會不會傷心，就不好說了。

不知情的公爵夫人進來，同樣會被班德史納奇怪獸吃掉。當然，那個叫廣山的女人也會死去。

我還剩一口氣，不趕緊離開倉庫通知大家，可能會有四個人死亡。

該怎麼辦？

我要逃走？躲起來？還是，和班德史納奇怪獸戰鬥，並且打敗牠？

我的腳被咬斷，既無法逃也不能躲，只能正面迎敵。

可是，怎樣才能殺死班德史納奇怪獸？

班德史納奇怪獸有弱點嗎？

樓梯發出劈劈啪啪的劇烈聲響。

牠果然想爬上來嗎？等牠爬上來，樓梯八成也毀損。打倒班德史納奇怪獸後，我會下不去。啊，不過，現在不是擔心這種事的時候，我得先打倒那傢伙才行。

雖然不曉得班德史納奇怪獸的弱點，可是我知道牠的強項。那傢伙的動作非常快，而且脖子能自由伸長。

換句話說，一旦牠的脖子伸長，會變得很細吧？那麼，或許不難咬斷。畢竟我是肉食動物，只要有心，牙齒也是很利的。

雷鳴般的巨響傳來，班德史納奇怪獸宛如小山的軀體出現。

牠的身體約莫是這座倉庫的五倍大吧？

班德史納奇怪獸望向比爾。

何時會過來？那傢伙動作非常快，機會稍縱即逝。等牠的脖子伸到我面前，先制住頭，再繞到後面咬斷脖子。沒完全咬斷也沒關係，只要咬破血管或傷到神經就夠了。

比爾瞪著班德史納奇怪獸，反覆深呼吸。

腦袋感覺很清晰，比爾覺得自己似乎變成井森。

然後，他清楚回想起來。

對了，公爵夫人不可能是凶手，完全是我誤會。得把這個訊息告訴愛麗絲、瘋帽匠和三月兔。

忽然間，班德史納奇怪獸的身影有些模糊。

不，還沒。牠還沒行動。

可是，有點不對勁。

班德史納奇怪獸在吃東西。

此時，比爾終於發現自己的嘴巴和鼻子不見。

噢，班德史納奇怪獸的動作比想像中快。

看來是沒辦法了。

16

亞理敲敲門。

沒有回應。

亞理繼續敲門。

「不好意思，我要進來了。」

亞理打開門。

只見廣山副教授張大嘴準備吃便當。

「哇，妳怎麼擅自開門？」

「您爲何佯裝不在？」

「現在是我的用餐時間。」

「幹嘛不直接這麼說？」

「太麻煩了。話說回來，不請自來的人更沒品吧。」

「如果不希望有人擅闖，您可以鎖門。」

「朋友和男友遇害，妳心情浮躁我能諒解，不過找人出氣也該適可而止。」

「對，我確實有些激動，但怪不得我。」

「又發生什麼不愉快的事嗎？」

「不是不愉快的事，反倒是一件好事，而且和老師有關。」

「哦？」

「是關於眞凶的消息。」

「咦？」廣山副教授筷子上的炸雞掉落。

「我發現關鍵的線索。」

「原來不是知道凶手的身分。」

「老師若能幫忙，或許有機會。」

「爲何我非幫妳不可？妳愛幹嘛就幹嘛，不要把我牽扯進去。」

「我的兩個同伴遇害，警方又不足以信任，現在只能依靠老師。」

廣山副教授嘆一口氣。「好，我幫妳總行了吧？說成這樣，我也不忍心趕妳走。所以，妳找到什麼線索？」

「死亡訊息（dying message）。」

「誰的死亡訊息？」

「井森君的。不，正確地說，是比爾的。」

「妳以爲比爾寫的東西能當證據嗎？」

「不是的。不過，這是重要的線索。在班德史納奇怪獸吃掉一半臉的狀態下，比爾用自己的血在小倉庫的地板留下訊息。」

「蜥蜴的生命力眞是驚人。」

「是啊。班德史納奇怪獸攻擊比爾，大概不是想吃他，而是要殺他。所以，知道比爾快死了，就沒給致命一擊。」

「如果不是為了吃，怪獸幹嘛要殺比爾？」
「和人類打獵一樣，只是覺得好玩。」
「原來班德史納奇怪獸智力挺高的。然後，比爾寫下怎樣的內容？」
「『公爵夫人不可能是凶手』。」
「什麼意思？」
「就是字面上的意思。」
廣山副教授歪著頭。「在我看來，這不算新情報。」
「可是，這句話的意思非常明確。最初的兩起命案發生時，女王和公爵夫人都在打槌球。因此，她們是彼此不在場證明的證人。」
「即使不互為證人，也有撲克牌士兵為她們作證。」
「換句話說，這兩人絕不是凶手。」
「這還需要比爾告訴我們嗎？」
「沒錯。正因如此，這個死亡訊息才有意義。」
「什麼意義？」
「由於這句話理所當然，凶手沒抹消。要是比爾直接寫下凶手的名字，一定會被凶手擦掉。」
「確實，判斷比爾留下的訊息沒影響，凶手才會放過。可是，這有什麼意義？」
「訊息內容雖然不特別，卻有深意。這個訊息的目的，是想引導追查眞凶的辦案者關注某件事。」

「寫這則訊息的是比爾，不會有那麼複雜的含意吧？」

「比爾的體內有井森君存在。」

「井森君和比爾是不同的個體吧？」

「儘管是不同的個體，他們共有記憶和生命。可能在比爾臨死前，井森君的智力得以顯露。」

「妳的論點實在薄弱，姑且就當是這樣。然後呢？比爾希望我們注意什麼？」

「我不知道。」

「不知道？妳的口氣聽起來倒是自信滿滿。」

「雖然不知道，但我能推測。他的意思會不會是『唯有公爵夫人能夠信賴』？」

「大概吧。不過，女王不也有不在場證明？」

「您覺得女王值得信任嗎？」

「她就算不是凶手，也不能信任。因爲她動不動就想砍掉別人的頭。」

「所以，公爵夫人才是我們唯一的依靠。」

「噯，妳這麼信任我，我是不討厭。只是，我不曉得下一步會如何發展。」

「他應該是要我們遵從您的指示。」

「可是我一點靈感都沒有啊。」

「眞的？您有沒有想到什麼事？再瑣碎都行。」

「我實在毫無頭緒。一定是比爾弄錯，不然就是井森君把我想得太厲害。」

「是嗎？」亞理失望地低下頭。「看來我太自以爲是。」

「別太早下結論。他要妳來見我，不一定是要妳遵從我的指示吧？他可能在暗示，只有我們齊心協力才能破案。」

「原來如此。他約莫是想說，只有分享彼此掌握的情報，才可能解決。」

「我們就朝這個方向進行吧。首先，告訴我妳手上的情報。」

「從我開始？」

「對。」

「可是，我知道的事全告訴您了。」

「我也一樣。」廣山副教授語帶遺憾。

「眞傷腦筋。」

「嗯，眞傷腦筋啊。」

亞理緊咬下唇。「死亡訊息不可能沒有含意……」

「會不會是妳想太多？」

「不，我想一定有意義。」

「那妳說，到底有什麼意義？」

「總之，不是情報……而是結合我們的推理能力。」

「和剛才的結論差不多嘛。」

「不過，我想有一試的價値。」

「唔，那就試試吧。妳打算怎麼進行？要我推理，我可是一點頭緒都沒有。」

「那就請您先當聽眾。」

「聽誰說話？」

「聽我說話。然後，在這過程中，如果有覺得奇怪的地方，請提出來。」

「聽起來挺容易，沒問題。妳開始吧。」

「當初，有一個非常關鍵的疑問是『爲何白兔會說看見愛麗絲出現在命案現場』。」

「不就是白兔眞的看見了嗎？」

「這是不可能的。愛麗絲沒殺人，也不在現場。」

「那是妳的主張，缺乏客觀的證據。」

「這就是問題所在。不過，有個重要的突破點。」

「突破點？」

「接下來我會依序說明。首先，我要點明的是，白兔並未看見愛麗絲。」

「妳是指白兔撒謊？」

「不，白兔沒撒謊。」

「這算什麼？妳的話互相矛盾。」

「沒有矛盾。白兔沒看見愛麗絲，卻以爲看見她。」

「這種情況可能發生嗎？」

「可能。白兔視力極差，連站在面前的比爾都認不出來。」

「他的視力這麼差，竟然一口咬定愛麗絲在案發現場。」

「嗯。」

「確實奇怪。」廣山副教授似乎有所發現。「原來如此，比爾的死亡訊息是這個意思。那傢伙挺厲害的。」

「您知道什麼了嗎？」亞理期待地問。

「嗯，對啊。不過，不算什麼重要的發現，我得整理一下思緒再說明。妳先繼續推理。」

「動物是用視覺以外的感官來辨識其他人的，譬如，靠體味、紅外線、超音波或電磁波。白兔一直靠體味識別他人，即使像柴郡貓般隱身，也會發現。」

「換句話說，白兔不是用視覺識別愛麗絲。」

「白兔一直是靠嗅覺識別愛麗絲……啊！」

「怎麼？」

「我似乎知道兇手是誰。」

「那真是太好了。」

「我得走了。」

「妳要去哪裡？」

「我知道兇手是誰，得去通知大家。」

「這裡是現實世界，不回到不可思議王國無法通知他們。」

「可是，不能放任兇手在外逍遙。」

「沒辦法，只能等到下次在不可思議王國醒來。」

「我們去找谷丸警部他們商量如何？」

「唔……這樣好嗎？總覺得找他們商量不大妥當。他們似乎藏著什麼事沒說。」

「對了，他們好像很害怕公爵夫人。」

「眞的？他們會是誰？是公爵夫人的手下嗎？」

「我想不到還能找誰幫忙。」

「沒關係，我們先完成推理，待回到不可思議王國，再蒐集證據。」

「蒐集證據？」

「無論在現實世界進行多縝密的推理，都是紙上談兵。我們必須在不可思議王國蒐集證據，才能證明妳的清白。」

「我懂了。」

「眞凶到底是誰？」

「在我回答前，得先解釋一句話。『有一個人說出凶手碰巧知道的事』。」

「這句話是哪來的？」

「井森君的遺言。正確地說，是透過比爾間接知道的。」

「就是所謂的『只有凶手才知道的情報』？不過，既然妳已知道凶手是誰，還有討論這句話的必要嗎？」

「我覺得這句話和『只有凶手才知道的情報』在語感上有些不同。這句話的前提應該是已知凶手，然後，有一個人知道只有那個凶手才曉得的事。」

「妳是指有共犯？」

「不是的。我在想井森君的意思，會不會是他發現有個人和凶手互爲阿梵達關係？

如果現實世界中某人知道只有凶手才曉得的事，代表那個人是凶手的阿梵達。」

「眞是不簡單的推理，只是聽得我一頭霧水。栗栖川同學，妳弄懂了嗎？」

我沒弄懂。可是，我要冷靜思索，比爾眞正想傳達的是什麼？

公爵夫人不可能是凶手。

這句話沒錯，是毋庸置疑的事實。那麼，哪裡值得懷疑？

值得懷疑的事實？

…………

「讓開，瑪麗安，我要遲到了。用不著我提醒妳吧！」

…………

「回來啦。」

…………

「公爵夫人！」「公爵夫人！」「公爵夫人！」

「對，就是公爵夫人。」

…………

「舉辦驚喜派對的事，絕對要向井森君保密。當天之前，這是我們的祕密。」

…………

「所以，白兔也是同屬兩個世界的人嘍？他人很不錯，最近還說要爲比爾舉辦一場驚喜派對。」

…………

「有一個人說出凶手碰巧知道的事。」

……………

她怎會知道那件事？明明公爵夫人不可能是凶手。

果眞如此，只透露一項訊息。

我得快點行動。

「老師，我得離開了。」

「不行，推理尚未完成。」廣山副教授擋在亞理和門之間。

「我突然想起有急事要處理。」

「我也很急啊。快，說完妳的推理，告訴我凶手的名字。」

亞理直視廣山副教授。

「凶手就是妳，瑪麗安。」

「眞是精彩的推理。」

「請讓我過去。」

「不行，現在還不行。」

「小心我大叫。」

「在那之前，我們談一談吧。聽過我的解釋，如果妳不接受，再大叫也不遲。」

「好。不過，只要妳稍稍輕舉妄動，我就會放聲喊叫。」

「那麼，妳怎會知道我就是凶手？」

「從我怎麼知道瑪麗安就是凶手說起吧。」

「這我大致猜想得到。不過，妳還是說說看。」

「白兔經常錯認我和瑪麗安，明明兩個人的年紀相差那麼多。不過，不能怪白兔。因爲白兔的視力極差，只能仰賴嗅覺。」

「意思就是，我和妳的體味很相似。」

「是愛麗絲和瑪麗安的體味很相似，至於我和妳的體味如何就不知道了。」

「嗯，確實。現實世界妳我體味像不像，還不知道。」

「白兔說蛋頭人遇害時，出入庭園的只有愛麗絲。可是，假使白兔眞的無法區分愛麗絲和瑪麗安，嫌犯就會是愛麗絲和瑪麗安兩人。我知道愛麗絲不是凶手，使用排除法，凶手就是瑪麗安。」

「眞可惜。」

「我的推理錯了嗎？」

「沒錯，是正確答案。」

「那怎會說可惜？」

「因爲妳無法向其他人證明剛才的推理。」

「我只需要告訴瘋帽匠，白兔區分不出愛麗絲和瑪麗安。」

「要怎麼證實？白兔已死，妳無法實際驗證。」

「妳打算裝傻？」

「是有這個打算。」

「我可以當證人。」

「妳是被告，證詞沒有效力。」廣山副教授露出微笑。「再爲我解答另一個問題吧。妳如何知道我是瑪麗安，不是公爵夫人？」

「妳曉得唯有瑪麗安才曉得的事。」

「而我把這件事告訴妳？」

「對。」

「我沒有印象犯過這種失誤。」

「當然，因爲搞砸的是白兔。」

「白兔做了什麼？」

「弄錯愛麗絲和瑪麗安。」

「白兔不是一直都這樣？」

「對。不過，這次不大一樣。」

「我對妳說了什麼？」

「妳說『白兔人很不錯，最近還打算爲比爾舉辦驚喜派對』。」

「這句話哪裡出錯？」

「不久前，也就是李緒學姊遇害前，曾對我說『舉辦驚喜派對的事，絕對要向井森君保密。當天之前，這是我們的祕密』。」

「這是怎麼回事？白兔也和我提過要開驚喜派對。」

「沒錯。然而，我在不可思議王國並未聽白兔提起驚喜派對的事。」

「原來如此，我懂了。白兔——田中李緒一直以爲妳是瑪麗安。」

亞理點頭。「愛麗絲和比爾去找白兔問話那天，明明剛見面，白兔卻對愛麗絲說『回來啦』，錯認愛麗絲是剛才在一起的瑪麗安。之後，比爾告訴白兔『她在地球上是亞理』。於是，在那個時間點，白兔誤以爲『瑪麗安就是栗栖川亞理』。並且，田中李緒承繼這個誤解。李緒始終以爲我是瑪麗安，只是我沒發現。」

「井森君發現了嗎？」

「最後應該注意到了，比爾大概也在臨死前察覺這件事。」

「所以，比爾故意寫下『公爵夫人不可能是凶手』。」

亞理頷首。「如果比爾寫『瑪麗安是凶手』或『廣山老師是凶手』，妳會立刻擦掉訊息吧。」

「對，我一定會擦掉。」

「可是，換成寫『公爵夫人不可能是凶手』，比爾推測妳不會擦掉。」

「因爲妳把我當成公爵夫人，這個訊息有利於我。」

「我知道公爵夫人有不在場證明，比爾卻特地寫下來，感覺是要挑起我的注意。會去思考『公爵夫人不是凶手』，表示井森君曾對公爵夫人產生懷疑。換句話說，存在足以令井森君懷疑公爵夫人的證據。」

「所以，妳懷疑起自稱公爵夫人本尊的我？」

「沒錯。然後，一旦產生懷疑，一切突然都得到解釋。白兔區別不出愛麗絲和瑪麗安，妳曉得唯有瑪麗安才曉得的祕密，由此推敲，白兔在命案現場目擊的是瑪麗安，也就是妳。」

「妳的腦袋挺機靈，我眞意外。」

「爲何殺那麼多人？」

「我誰也沒殺，他們都是意外身亡或病死。啊，有一個人確實是被殺死的。可是，下手的不是我。」

「那蛋頭人、獅鷲、白兔、和比爾呢？」

「殺死那些人——或該說那些動物的，不是我，而是瑪麗安。夢中人物瑪麗安，殺害同是出現在夢中的動物。做這種夢算犯罪嗎？」

「那不只是夢，妳應該最清楚。」

「怎麼證明那些不是夢？」

「我明白了，停止沒意義的爭論吧。幾個疑問想請教，妳何時發現那個世界的？」

「很久以前，超過十年。哪像你們，危機逼近才想起那個世界，眞羨慕你們如此悠哉。我可是非常細心，發現每天做的夢不管場景設定或登場人物都相同，情節具有延續性，我立刻領會是怎麼回事。我知道不可思議王國和現實世界一樣眞實，存在人類和動物發展出的高度文明。」

「即使沒有危機迫近，我也快發現這個事實了。」

「是嗎？就算覺得事有蹊蹺，但兩、三天後，妳又會爲生活中的各種瑣事分心，忘記這件事。」

「可是，妳並沒有忘記。」

「對。每天起床，我就立刻寫下夢的內容。我驚訝地發現自己持續做著同一個世界的夢。在夢中，我是白兔雇用的女管家瑪麗安。之後，連瑪麗安也想起現實世界的事。」

「妳認爲自己和瑪麗安是同一個人吧。」

「是嗎？共有記憶，就算同一個人嗎？我不確定。總之，我發現世界的祕密。但當時我還沒想到怎麼利用。」

「這不是一個天大的發現嗎？」

「可是，一旦說出去，別人只會質疑我的精神狀態，得不到任何好處。」

「嗯，確實。」

「所以，儘管發現世界的祕密，我仍繼續埋頭過苦日子。」

「爲何是苦日子？」

「晚一點再解釋。後來，時間一久，我漸漸觀察出兩個世界的規律。」

「規律？」

「死亡的規律。不可思議王國看似是悠哉傻氣的世界，其實危機四伏。」

「因爲會被女王砍掉腦袋？」

廣山副教授搖頭。「其實女王沒砍過任何人的腦袋，眞正危險的是猛獸。」

「比方，班德史納奇怪獸？」

「不僅僅是班德史納奇怪獸，還有炸脖龍、加布加布鳥（Jubjub Bird）和奇怪的布吉姆。」

「這麼一提，確實滿危險。」

「於是，不時會出現一些犧牲者。有時是人，有時是動物，也就是所謂不幸的意外。」

「嗯，是有這些事發生。」

「不過，那些根本算不上大事。」

「雖然當事者可能不這麼認為。」

「藉著那些無聊的死亡意外，我發現隱藏在其中的重要事實。」

「死亡的連鎖效應。」

「對、對。」廣山副教授點頭。「只要不可思議王國有人死去，這邊的世界也會有熟人或朋友死去。」

「全是熟人或朋友嗎？」

「對。在那邊的熟人一死，幾乎同時在這邊也會有熟人死去。唔，雖然有的是遇上意外，有的是病死，死因都不一樣。」

「妳不認為是巧合嗎？」

「起初我是這麼認為，不過，這種情況每次都會發生。不可思議王國不常有人或動物死去，我的身邊也鮮少有人死去，可是，兩者總是同時發生。所以，我只得承認，兩個世界之間的死亡有關聯。這才算是天大的發現，而且具有實用性。」

「實用性？」

「如果在現實世界有想除掉的人，殺了他後會發生什麼事？」

「警方會以謀殺罪逮捕。」

「我可不願意。不過，換成是在不可思議王國殺人，又會如何？」

「結果不是一樣？那邊也有律法。」

「可是，那邊的人傻到不行，就算殺人也不容易被抓到。況且，沒有動機的殺人案件本來就難以調查。」

「妳沒有動機就殺死他們嗎？」亞理目瞪口呆。

「自然是有動機，不過，是在這個世界。那個世界的我——瑪麗安並無動機。」

「原來如此。雖然妳在現實世界有動機，可是他們不是死於謀殺，所以妳不會遭到逮捕。在不可思議王國，由於沒有動機，妳也不會遭到逮捕。是這個意思嗎？」

「就是這個意思。」

「那妳爲何要殺人？動機是什麼？」

「我啊，一直在忍耐。」

「忍耐？」

「其實我非常討厭忍耐，大家卻一直逼我。」

「那還眞是令人同情。」

「爲何我非忍耐不可？讓其他人忍耐吧，這樣我就不必再忍耐。」

「這種想法沒問題嗎？」

「要是逼我忍耐的人都不在就好了。」

「所以妳殺害他們？王子同學對妳做了什麼？」

「王子？誰？」

「就是蛋頭人的本尊。」

「喔，他什麼都沒做。」

「什麼都沒做？這是怎麼回事？」

「那只是一點小差錯。」

「妳這不就是沒動機就殺人嗎！」

「眞失禮，我可是有殺人動機的，不過是弄錯目標。」

「王子同學因此喪命了。」

「可是，我不會被追究責任。這才是最重要的。」

「這是一條人命啊。人的性命是非常寶貴的。」

廣山副教授噗哧一笑。

「哪裡好笑？」

「因爲妳似乎眞的相信。」

「相信什麼？」

「妳該不會眞的相信人命很重要吧？妳只是怕殺人後會遭到問罪，於是假裝相信。」

「不，我眞的覺得很重要。」

「哦，是嗎？我比妳老實，我才不會這麼狡辯。人的性命根本微不足道。」廣山副教授從抽屜取出一把手槍。「所以，要奪走人命，我一點都不感到抗拒。」

17

蛋頭人眺望遠方。

微風輕輕拂過，草地泛起綠色波浪。

蛋頭人深深吸進一口氣，緩緩吐出，滿足地綻放笑容。

「你爲什麼那麼高興？」一道女聲傳來。

蛋頭人轉身回望。因爲頭和身軀是一體的，無法只扭轉脖子。

在他身後的草地上，出現一名楚楚動人的中年女子。

「唔，記得妳是……」

「我是瑪麗安，白兔是我的雇主。」

「噢，我想起來，妳是瑪麗安。」

「我能不能過去？」

「到圍牆上？我不介意，不過妳得小心，失去平衡會摔落。」

「你不擔心嗎？」

「我早就習慣。萬一眞的摔落，我也不擔心。我和國王約好了。」

「國王會派出士兵和馬匹嗎？」

「沒錯，妳挺清楚的。」

「不過，這樣有意義嗎？」

「意義？表示我是重要人士。」

「可是，就算國王的士兵會來，也是在你摔落後。」

「畢竟他們不曉得我何時會摔落。」

「那他們來也沒用。」

「沒用嗎？」

「沒用，因為摔破的雞蛋無法復原。」

「雞蛋？」

「就是你啊，蛋頭人。」

「我是雞蛋？妳的話太搞笑。」

「嗯，真好笑。」

瑪麗安哈哈大笑，蛋頭人也笑了。

「這圍牆滿高的。」不知不覺間，瑪麗安站到蛋頭人身旁。

「會嗎？習慣就不覺得高。」

「還颳著風。」

「只是微風而已。」

「一定很容易失去平衡。」

「不，只要和我一樣坐穩，就不會……喂，妳在幹嘛？」

「在你的周圍潑油。」

「等等，能不能別開這種惡劣的玩笑？」

「玩笑？我討厭開玩笑。」

「妳這麼做，不是會害我摔下去？」

「對啊，我潑油就是想讓你摔下去。」

「住手！」蛋頭人抓住瑪麗安的胳臂。

「你幹嘛？這樣很危險。」

「這是我要說的話。」

「死心吧。痛苦也只有一瞬間……雖然是我猜的。」

「妳知道自己在幹嘛嗎？摔下去我會死。」

「知道，我就是要殺你。」

「爲何要殺我？」

「是你不好，你妨礙我。」

「我哪裡妨礙妳？我們根本沒交集。」

「在這個世界沒交集，但我們在地球上十分親近。」

「地球？妳怎會曉得我做的夢。」

「我也做了同樣的夢。雖然，那並不是夢。」瑪麗安使勁推著蛋頭人的背。

「我在地球上得罪人？」

「眞是明察秋毫，猜得沒錯。」

「你是誰？秋吉，還是所澤？」

「他們是誰？」瑪麗安手上的力道減弱。

「可能對我心懷怨恨的人。」

「那爲了他們，我也得殺你。」她又加重手勁。

「我沒做太過分的事啊，只是答應請他們吃午餐卻爽約而已。」

「他們會爲這種事殺你？噯，要是曉得絕不會被抓到，或許會吧。」

「妳到底是誰？」蛋頭人緊張地揮舞四肢，試圖保持平衡。

「如果說是遭你阻擋升遷之路的人，應該猜得到吧？」

「我不知道。我在地球上的地位，沒厲害到能左右別人的升遷。」

「都到這個地步了，你何必謙虛。」

「對不起，我向妳道歉，請饒我一命。」

「你爲什麼要道歉？」

蛋頭人整副身軀快滑出去，於是拚命攀住圍牆。

「呃，因爲我阻擋妳的升遷之路。」

「你總算曉得我是誰了吧。」瑪麗安揚起嘴角。

「不，我眞的不曉得。我會向妳道歉，求妳告訴我。」

「我就好心告訴你。我在地球上的身分是廣山衡子。這下你總該明白吧，篠崎教授。」

「我不懂妳的意思。」

「別說你忘記我的名字。」

「不，我知道妳的名字，妳是篠崎研究室的副教授。」

「怎麼，你這不是想起來了嗎？」

「不過，我不是篠崎教授。」

「咦，不會吧？」瑪麗安的手離開蛋頭人的背。

「我沒騙妳。我在地球叫王子玉男，是中之島研究室的博士生。」

「可是，你的體型和篠崎教授一模一樣。」

「瑪麗安，妳的身材和廣山老師相像嗎？」

瑪麗安思索片刻。「不，完全不像。廣山衡子更矮，身材微胖。」

「瞧，不能從體型推斷。況且，單憑體型就認定我是篠崎教授，未免太隨便。」

「也對，體型相似的人隨處可見。」

「不，我們在兩個世界的體型並無關聯。」

「那我要怎麼找到篠崎教授？」

「只能直接問吧。」

「到處問『你是篠崎教授嗎』，大家不就知道我在找篠崎教授的分身？」

「恰恰相反。妳只需問篠崎教授『你在不可思議王國是誰』，這麼一來，知情的唯有篠崎教授。」

「原來如此，這倒是個好辦法。」

「既然是一場誤會，能不能離我遠一些？妳站在旁邊，我實在平靜不下來。」

「哎呀，這可不行。」

「爲什麼？妳沒必要繼續待在圍牆上吧。」

「我還在考慮。話說回來，若我告訴你『想要篠崎教授的命只是開玩笑』，你會相信嗎？」

「當然。」蛋頭人浮現焦慮的神色。「所以，我不會告訴任何人。」

「哎呀，眞是感謝。」瑪麗安再度伸手抵在蛋頭人背上。「可是，我把計畫全盤托出，已無法回頭。」

「我絕對不會告訴任何人。」

「要我怎麼相信你的話？」

「向天地神明發誓，我不會告訴任何人！」

「不行。一旦出差錯，計畫會全部泡湯，我不想冒險。」

「那我們再商量一下。我們交換契約，妳就能相信我。」

「永別了。」瑪麗安使勁一推。

「我絕對不會告訴……」蛋頭人整副身軀離開圍牆。

蛋頭人激動地揮舞胳臂。

他雙手的指尖勉強攀住圍牆上緣。

「救救我，現在還來得及。」蛋頭人拚命說服瑪麗安。

「對，現在還來得及。將你滅口，我的計畫仍有可能成功。」瑪麗安用力踩住蛋頭人的手指。

「不要啊，我的身體很脆弱，從這種高度摔下去，一定會死掉。」

「應該吧。所以，我才選擇這個方法。」瑪麗安踹蛋頭人的臉一腳。

蛋頭人的臉出現裂痕。「不要，我不想死。」

瑪麗安沒回答，又踹他的臉一腳。

蛋殼紛紛掉落地面。

蛋頭人的眼睛和鼻子不見，露出黏糊糊的內部。

「哎呀，跟想像中不一樣，原來裡面不是蛋黃和蛋白。」

「啊、啊、啊……」蛋頭人嘴巴一帶嚴重碎裂，連講話都不順暢。

瑪麗安狠狠往蛋頭人右肩一踩。

肩膀的蛋殼裂開散落。

蛋頭人的右臂仍掛在圍牆上，瑪麗安一腳踢飛。

右臂重重摔落在地。

「救命，我什麼都願意做。」蛋頭人左手攀住圍牆。

「什麼都願意做？那你就去死吧。」

瑪麗安使勁踩蛋頭人的腦袋一腳。

蛋殼應聲塌陷，黏稠的液體滴落。

蛋頭人鬆開左臂，下一秒便摔在地上。

伴隨一陣噁心的啪唧啪唧聲，蛋頭人體內的東西流出蛋殼，在地面抽動，不久就靜止不動。

瑪麗安輕巧地爬下梯子，走近蛋頭人的殘骸。

蛋殼內密密麻麻的紅黑身體組織兀自持續抽動，慢慢失去生氣。

「生命力挺強的。」

碎了一地的蛋殼中，她隱約看見一個像眼睛的東西。

瑪麗安感到有人在注視自己。

「將滿手活牡蠣一口氣塞進嘴裡，是極致的美味。」瑪麗安告訴獅鷲。

「眞的嗎？」獅鷲反問。

「當然是眞的，我幹嘛撒謊？」

「妳可能想騙我。」

「那麼，我騙你能得到什麼好處？」

「唔……」獅鷲思索片刻，「妳似乎得不到好處。」

「你就試試吧。」瑪麗安拿起牡蠣塞滿獅鷲雙手。

「這未免太多。」

「一口氣吃這麼多才美味。」

「騙人！」一隻牡蠣反駁。

「喂，妳聽見沒？」獅鷲眼睛瞪得圓圓的。

「什麼？」

「牡蠣說的話。」

「一個成熟的大人不會在乎一隻牡蠣說的話。」

「也對。」獅鷲將掌中的牡蠣小山移近嘴邊。

「不要上當！」

「喂，妳聽見沒？」獅鷲問。

「什麼？」

「牡蠣說的話。」

「剛剛不是告訴你，一個成熟的大人不會去在乎一隻牡蠣說的話嗎？」

「嗯，也對。」獅鷲再次將掌中的牡蠣小山移近嘴邊。

「不是警告你不要上當嘛！」一隻牡蠣出聲。

「又來了，牡蠣說『不要上當』。」

「牡蠣撒謊。」

「為何牡蠣要撒謊？有什麼好處？」

「如果你相信，手中的牡蠣至少能夠活過今天。」

「確實，要是我不吃，這些傢伙就不會丟掉小命。」獅鷲輕輕搔頭。「或許不吃才正確。」

「說什麼傻話？生命本來就是一種吃與被吃的關係。不想奪取其他生命，只能餓死。況且，與其讓這些傢伙白白死去腐爛，被你吃掉才是有意義的生存方式。」

「我們才不是為了保住性命，」一隻牡蠣抗議，「只是不想白白死去。」

「不，你們將死得很有意義。」

「妳在撒謊！」

「我該怎麼辦？」獅鷲抱著頭。

「不想吃就算了，我是好心告訴你。」瑪麗安語帶不屑。

「惹妳生氣，我很抱歉。我不是不想吃。」

「那你就吃啊。這麼一來，你可以吃飽，我可以幫上別人，心情也會很愉快。」

「可是，這些牡蠣不會高興。」

「沒事。這些傢伙反正要死了，不用再受苦。這麼一來，大家都開心，沒人會感到不幸。」

「你不要上當，我們一點都不覺得幸福！」一隻牡蠣勸阻。

「牡蠣不覺得幸福耶。」

「你等一下。」瑪麗安從懷中取出一只瓶子轉開，淋在牡蠣上。

牡蠣們一齊發出淒厲的尖叫。

「妳幹什麼？」獅鷲問。

「我淋上醋，味道會更好。」

「可是，牡蠣很痛苦。」

「畢竟淋上了醋。眞可憐，牡蠣會痛苦至死。」

「爲何要做這麼殘忍的事？」

「這樣味道會更好啊。」

「我該怎麼辦？」獅鷲不知所措地看著在掌中痛苦掙扎的牡蠣。

「幫牠們解脫吧。」

「怎樣才能幫牠們解脫？」

「送牠們去死就好啦。一口氣吞下，讓牡蠣在你的肚裡窒息。」

「救我！」「救我！」「救我！」「救我！」「救我！」牡蠣異口同聲喊道。

「這麼做眞的幫得上牡蠣？」獅鷲向瑪麗安確認。

「對，幫了大忙。」

獅鷲點點頭，張大嘴巴，準備將哭喊的牡蠣送入口中。

「這、這實在是……」獅鷲把牡蠣抵在嘴邊，立刻拿開。

「怎麼？」

「辦不到，我無法一口氣吞下。」

「別這麼嬌氣。」

「可是，辦不到就是辦不到。」

「不會的。不然，我來教你怎麼放進去。」

「可以嗎？那就拜託妳。」

「首先，張大嘴巴。」

「像這樣嗎？」

「再張大一點，到下巴快脫臼爲止。」

「下巴脫臼就不妙了。」

「不用擔心。萬一脫臼，我會幫你。」

「是嗎？那我就安心了。」獅鷲的嘴巴張得更大。

不久，獅鷲的下巴發出喀喀聲。

「啊……」獅鷲忍不住呻吟，流下一行淚水。

瑪麗安把幾十顆牡蠣一口氣往獅鷲嘴裡塞。

獅鷲發出抗議，想別過臉。

然而，瑪麗安俐落地繼續塞牡蠣。「再等下去就不好吃了！」

「嗚嘔嗚嘔嗚嘔。」獅鷲不停呻吟。

滿手的牡蠣，連殼全塞進獅鷲嘴裡。

獅鷲的喉嚨深處傳來吹哨般的聲響。

獅鷲試圖撥開瑪麗安的手。

瑪麗安非常生氣，左手抓住獅鷲的頭，右手硬把牡蠣推進他的嘴裡。

獅鷲翻著白眼，掙扎著想逃走。

但瑪麗安撲向獅鷲，抱住他的身體，繼續把牡蠣往嘴裡塞。

原本力大無窮的獅鷲意外窒息，陷入恐慌，一時使不上力，肌肉也缺氧逐漸失去機能。

獅鷲害怕地看著瑪麗安，雙腿發軟，坐倒在地。

瑪麗安放聲大笑。「怎麼，嚇到啦？沒錯，你快死了。」

獅鷲虛弱地揮動雙手。

「你認爲是我搞錯？很可惜，我並沒有誤會，篠崎教授。」

獅鷲的目光透露出有話想說，但眼皮漸漸垂下，瞳仁漸漸失去光采。

「你是自作自受。研究室增加，你不推薦我當新教授，居然還把研究室交給年輕助教，腦袋一定有問題。」

獅鷲含糊不清地嚷嚷。

「咦，你嘴裡塞著牡蠣，我聽不懂。你說清楚一點。」瑪麗安又放聲大笑。

獅鷲的喉嚨劇烈起伏。

牡蠣微微向外移動，瑪麗安使勁全力塞回去。

接著，獅鷲的肚子動了一下。

瑪麗安仍繼續塞。

黃色液體滲出，八成是胃液。

瑪麗安的衣服濡溼，卻不以爲意。

獅鷲瞪大雙眼，不斷扭動身軀。

「看來是胃液跑進氣管。你在咳嗽？吸不到空氣，肺部發生痙攣吧。因爲沒有空氣出入，你只能安靜地咳。」瑪麗安露出幸福的美麗微笑。

獅鷲仰起頭，直直往後倒。

瑪麗安騎在獅鷲胸口上，繼續塞牡蠣。

獅鷲翻著白眼，虛弱地抵抗。

瑪麗安並未減輕力道。

要是留下可喘氣的空間，獅鷲會恢復力氣，到時會非常麻煩。得讓他完全斷氣。

獅鷲察覺自身的處境，單手抓住瑪麗安的脖子。

「幹嘛？想殺我嗎？好啊。可惜，你處於壓倒性不利的狀況。你的大腦缺氧，無法正確判斷。即使勒住我，也無法輕易殺死我。」

獅鷲的銳爪刺進瑪麗安的頸部。

不過，只是輕輕扎一下。瑪麗安仍能自由呼吸，血流並未受阻。

獅鷲另一隻手也抓住瑪麗安的脖子。

瑪麗安哈哈大笑。

然後，她的笑聲停止，喉頭發出咕一聲。

獅鷲竟然還能使出這麼大的力氣，我快不能呼吸。

不過，瑪麗安沒停手。

如果獅鷲死掉或昏厥，我就會鬆手。可是，不小心讓獅鷲喘氣，就輪到我的脖子被折斷。

獅鷲的眼神恢復清明，瞪著瑪麗安。

瑪麗安竭力保持微笑。

獅鷲的黑瞳往上翻進眼皮裡。

獅鷲慢慢闔上雙眼，手軟軟地鬆開瑪麗安的脖子。

獅鷲的身軀一度發生痙攣，又回復平靜。

死了嗎？

雖然想把耳朵貼在胸口確認，但我必須忍住。隨便鬆手，可能會造成無法挽回的後果。瑪麗安慢條斯理地開始數數。

如果是人類，窒息一分半鐘左右就會陷入假死狀態。不曉得獅鷲會花多少時間，既然都是陸地生物，差不了多少吧。慎重起見，等個五分鐘。只要等上五分鐘，獅鷲鐵定會進入假死狀態。

一陣噁心的噗嚕噗嚕聲傳來，空氣中瀰漫著惡臭。

噯，這傢伙竟然失禁。怎會這麼討厭！

瑪麗安回望一眼。

此時，獅鷲抓住瑪麗安的雙腕。

「你果然還活著。」瑪麗安繼續把牡蠣往獅鷲嘴裡塞。

獅鷲又失去力氣，瑪麗安重新數數。

數到三百。牡蠣大半塞入獅鷲的喉嚨，不少跑進氣管。

瑪麗安深呼吸，放開牡蠣，腳尖旋即踩住獅鷲的脖子。

獅鷲搖晃一下，但那不是自發性的動作。

看來，獅鷲眞的死了。

「殺人凶手！殺人凶手！」牡蠣騷動不已。

瑪麗安從懷中取出粗大的縫紉針，一隻一隻刺死牡蠣。

「感謝你們，幫了我大忙。你們不是白白死去，而是派上很大的用場。所以，你們安心地走吧。」

「不要！不要！」

抗議聲愈來愈少，不久便完全消音。

瑪麗安站起身，離開無人的海岸。

「有人送來這個東西。」瑪麗安拿出一個箱子。

紅白色緞帶纏繞箱子，上頭大大寫著「除草機」。

「咦？」白兔戴上眼鏡，「裡頭會是什麼？」

「上面寫著『除草機』。」

「『除草機』？」

「應該就是除草用的機器吧。」

「除草機？對了，就是用來除草的機器，老夫一直很想要一台。」白兔緊緊抱住箱子。

「剛才有人提到『除草機』嗎？」比爾衝進屋內，剎不住車，直接撞上對側的牆，向後翻滾一圈，在地板上滑行，一路撞翻桌椅。

「吵死了！」白兔喝叱。

「咦，除草機會吵嗎？」比爾問。

「你做事爲何不能沉著一點？」

「沒辦法。」瑪麗安應道。「誰教他是比爾。」

「誰教他是比爾啊。」白兔嘆一口氣。

「既然你們達成共識，趕緊讓我瞧瞧除草機。」

「不行。」白兔拒絕。「這是送給老夫的，老夫有優先權。等老夫看完，你隨時都能看。」

「哪有這樣的……」

「白兔主人答應會給我們看，忍耐一下吧，比爾。」

「嘖。」

白兔搬著和自己差不多高的箱子，搖搖晃晃走向寢室。「滿重的嘛。」

「畢竟是除草機。」

「對，畢竟是除草機。」白兔露出陶醉的表情。

「對了，什麼是除草機？」比爾問。

「是除草的機器。」瑪麗安解釋。

「噢，原來如此。」

「你連除草機是什麼名堂都不知道，就興奮成那副德性？」

「嗯，對啊。不過，我現在知道除草機了，瑪麗安剛剛告訴我。稍後再請教她什麼是『名堂』，我就全懂了。」比爾應道。

「瑪麗安，待會老夫看除草機的時候，讓那傢伙安靜一點。」白兔吩咐。

「不提醒要安靜一點，除草機就會很吵嗎？」比爾問。

白兔無視比爾徑直走進寢室，重重關上門，發出砰一聲。

「今天白兔感覺不太友善。」比爾有感而發。

「只是剛得到除草機有些激動，不久白兔主人心情就會好轉。」瑪麗安解釋。

門突然打開，白兔站在門口。

「怎麼？」瑪麗安關切道。

「緞帶繞太多圈解不開，拿剪刀過來。」白兔回答。

「我幫忙咬斷吧。」比爾展示尖牙。

白兔渾身發抖，明顯不悅。「不必了。」

「給你。」瑪麗安遞上剪刀。

白兔再度重重關上門。

「白兔的心情還沒好轉。」

「再忍耐兩、三分鐘。」

「居然有這種事！」傳來白兔的叫喊。

「或許不用一分鐘。」瑪麗安呢喃。

「這不是除草機，是一隻蛇鯊！」白兔繼續叫喊。

「好棒，太酷了！」比爾跟著叫喊。「我一直想看看蛇鯊！」

「哎呀，是這樣嗎？」

「喂，那隻蛇鯊是長有翅膀會咬人的那種？還是長有觸鬚會抓人的那種？」

沒有任何回應。

「別吊我胃口，快告訴我。」

「布……」白兔的叫聲驟然停止。

「咦，他說什麼？」

「聽起來像是『布』。」瑪麗安應道。（註一）

「我聽到的也是這樣。可是，『布』是什麼意思？我答錯了嗎？」

「你剛剛是在提問，不是在回答。」瑪麗安糾正。
「那答錯的是誰？白兔嗎？」
「白兔主人還沒說出答案。而且，用『Buu』吐嘈自己的答案未免太奇怪。」
「喂，」比爾砰砰敲著門。「到底是誰答錯？」
寢室內毫無回應。
「眞奇怪。」瑪麗安不禁納悶。
「咦，有人講笑話嗎？」（註二）
「比爾，我們開門吧。」
「可是，白兔待會才要給我們看。」
「白兔主人早就看見蛇鯊，否則不會喊『是一隻蛇鯊』。」
「嗯，也對。」比爾點頭，默默站在原地。
「你在幹嘛？開門啊。」
「爲什麼？」
「白兔主人喊一聲後就沒回應，恐怕是生病或受傷，導致不能說話。」
「那就糟糕了。」比爾打開門。

註一：日本綜藝節目在來賓答題錯誤時，常使用效果音「Buu」，答對則用「Pinpon」，在生活中也很習慣這種用法。
註二：瑪麗安說的「奇怪」原文爲「おかしい」，亦有「滑稽、可笑」之意。

寢室裡沒有人影。

空箱子擺在桌上。

「白兔去哪裡？從窗戶離開的嗎？」

「比爾，你瞧，窗戶全從內側鎖上，天花板和地板都沒有出路，出口只有我們剛剛進來的門。」

「我知道啊，妳幹嘛說這些？」

「為了證明這是間密室。比爾，你趕緊找瘋帽匠過來，通報『白兔先生遇上布吉姆』。」

「為何要找瘋帽匠過來？」

「他不是在搜查愛麗絲犯下的連環命案？」

「愛麗絲否認殺人。」

「比爾，你相信嗎？」

「既然她本人都否認了……」

「她可能在撒謊。」

「愛麗絲很少撒謊。」

「你有什麼證據，能夠證明她沒撒謊？」

「呃……沒有。」

「白兔主人是唯一在命案現場看見愛麗絲的證人。」

「咦，是這樣嗎？」

「你竟然不知道？我非常震驚。不過，這不重要。白兔主人死掉，你覺得誰能從中獲益？」

「唔……討厭白兔的人嗎？」

「我不是在和你玩猜謎，所以直接告訴你答案，就是愛麗絲。」

「咦，爲什麼？」

「他是唯一的證人。一旦他死去，就沒人能指認愛麗絲是凶手。」

「白兔不是人類啦。」

「如果他死掉，就沒有動物能指認愛麗絲。」

「所以，愛麗絲能從中獲益。」

「我剛剛就是在解釋這件事。」

「啊，太好了。這麼一來，愛麗絲就不會遭到懷疑。」

「你覺得不逮捕凶手也沒關係嗎？」

「我無所謂啊。只是，我喜歡愛麗絲，不希望她被逮捕。」

「眞是隻傻蜥蜴。可惜，愛麗絲無法得救。」

「咦，爲什麼？」

「白兔主人死去，得到最大好處的是愛麗絲。理所當然，她會頭一個遭到懷疑。」

「那可不妙……咦？好奇怪。」

「哪裡奇怪？」

「妳說白兔死掉，對愛麗絲有利吧。」

「嗯，是啊。」

「實際上，白兔死掉後，愛麗絲反倒會遭到懷疑。」

「嗯，是啊。畢竟她是獲得好處的人。」

「如果會引起懷疑，愛麗絲殺害白兔不是很吃虧？」

哎呀，想不到這隻蜥蜴腦袋滿靈光。

「實質雖是吃虧，表面上卻是有利的。」

「我完全聽不懂，妳能說得簡單一點嗎？」

「意思就是，愛麗絲沒發現這麼做是吃虧。」

「愛麗絲覺得對自己有利，於是殺害白兔？」

「就是這樣。」

「可是，妳不就發現她這麼做是吃虧。」

「嗯，當然。」

「那很奇怪啊。」

「哪裡奇怪？」瑪麗安愈來愈不耐煩。

「愛麗絲比妳聰明，連妳都注意到，她不可能沒發現。」

一股怒氣湧上瑪麗安心頭。

那個小姑娘比我聰明？這隻蜥蜴在說什麼鬼話？不過，比爾肩負爲白兔的死作證的任務，我必須再忍耐一下。

「愛麗絲眞的比我聰明嗎？」

「真的啊，愛麗絲非常聰明。」

「我也很聰明。」

「和我比是聰明。可是，妳沒愛麗絲那麼聰明。」

「究竟誰比較聰明，很快就能分出勝負。」

「什麼意思？」

「就看最後露出笑容的是誰。」

「我愈來愈聽不懂。」

「你不懂沒關係。不要再嘀嘀咕咕，快去找瘋帽匠過來！」

比爾不服氣地噘起嘴，一聲不吭地離開白兔家。

至少挺過一關。

仔細想想，被白兔看見——或該說是聞到，是我失算。不過，他把我當成愛麗絲，倒是一個令人欣喜的誤算。問題在於，白兔會不會注意到自身的錯誤。

所以，瑪麗安決定殺害白兔。如此一來，他就不會發現自身的錯誤，還能加重愛麗絲的嫌疑，可謂一石二鳥。

「抱歉啊，白兔，我對你沒有一絲怨恨。在地球上，我們也幾乎沒交集。但誰教你是目擊證人？你運氣實在太差，乖乖瞑目吧。」瑪麗安歇斯底里地狂笑。

不過，她的心底湧起一絲不安。

剛剛比爾短暫閃現的智慧微光，究竟是怎麼回事？

「哎呀，你還活著啊。」瑪麗安俯視在她腳邊爬行的比爾。

比爾虛弱地仰望瑪麗安。

就是她。這傢伙是眞正的凶手，也是廣山衡子。我終於找出眞相。可是，我沒辦法告訴其他人。

瑪麗安自二樓的陰暗角落現身，慢慢走近比爾。

那隻狂怒冒煙的班德史納奇怪獸呢？牠不會襲擊瑪麗安嗎？

「我不害怕班德史納奇怪獸，你一定很納悶吧。不過，我不會透露其中的祕密。我運用一種特殊的調教方法，那是極機密資訊。」

確實，瑪麗安連布吉姆都能應付，這個世界想必有更多類似的祕密。

瑪麗安的腳尖碰了碰比爾的腹部。

比爾迅速抓住她的腳，豎起爪子。

「好痛！」瑪麗安揮舞拳頭，狠狠毆打比爾的腦袋。

比爾忍不住鬆手。

「你挺頑強的嘛。班德史納奇，繼續吃掉這傢伙的下半身！」

比爾大腿根部以下全消失。

由於痛覺麻痺，比爾不太清楚狀況，但生殖器似乎也不見。

對不起啊，井森。我太粗心大意，這下你也得死了。

「幹嘛用這麼怨恨的眼神看著我？」瑪麗安問。

我用那種眼神看著她嗎？其實是瑪麗安良心作祟吧。

「說到底，還不是你自己不好。明明不必插手，偏偏要和愛麗絲一起進行調查。」

是我不好嗎？不，做錯事的是瑪麗安。她已殺害三個人，我大概排第四。

「班德史納奇，再吃！」

身體突然一陣晃動，但比爾仍幾乎感覺不到疼痛。

回頭檢查，比爾發現腰部以下空空的。

鮮血和紅色管子滑出傷口，噴出像汙泥的東西。

那是我的大便嗎？

「居然還活著，眞了不起。」

哦，我厲害到讓人佩服。畢竟我是爬蟲類，生命力挺強。不過，失去下半身，恐怕撐不了多久，我會死在這裡吧。這件事也會算到愛麗絲頭上嗎？愛麗絲眞可憐，我能爲她做些什麼嗎？

對了，那要怎麼說……死亡訊息，我可以試試。反正血多得是，就寫在這邊吧。

該怎麼寫呢？

「凶手是瑪麗安。」

這樣馬上會被擦掉吧。

我得寫下瑪麗安看不懂，但愛麗絲能讀懂的訊息。幸好愛麗絲比瑪麗安聰明。只可惜，我沒有瑪麗安聰明。

不過，我擁有井森的知識，和井森如何思考的記憶。換成是井森，會怎麼做？

既然不能提到瑪麗安，寫下乍看與案件無關的謎語呢？不行。如果寫出太莫名奇妙的句子，瑪麗安反倒會心生警戒，擦掉訊息。

要怎麼寫她才不會擦掉？

若是對瑪麗安有利的訊息，就不會擦掉吧。

「瑪麗安不是凶手。」

我寫下瑪麗安不是凶手，並不會對她不利。同時，又能夠挑起愛麗絲對瑪麗安的懷疑。

不行，瑪麗安看到自己的名字出現，八成會立刻擦掉。

「廣山老師是瑪麗安。」

出於同樣的理由，這也行不通。況且，這還拆穿廣山老師的謊言，必定會遭到抹除。

「廣山老師是凶手。」「廣山老師不是凶手。」

兩個句子都足以引起愛麗絲對廣山老師的注意，可是，瑪麗安應該不想讓自己分身的名字留下。

廣山老師撒謊「我的阿梵達是公爵夫人」，因爲公爵夫人有鐵打的不在場證明。如果是這樣，瑪麗安可能會把提及公爵夫人的句子，當成在安全範圍內。

比爾沒有自信。他平日腦袋就不靈光，此刻又失血過多，意識模糊。

然而，只能賭在死亡訊息上。即使瑪麗安擦掉，情況也不會更糟，乾脆豁出去吧。

比爾把食指浸在自己的血中，然後擱在眼前的地板上。

他的眼睛已看不見。

希望我能寫好。

比爾開始留下訊息。

公爵夫人

瑪麗安察覺比爾的動靜，走近比爾。

「公爵夫人？你想拆穿我的謊言嗎？很遺憾，我會立刻擦掉。」瑪麗安抬起腳，準備抹去地上的血字。

公爵夫人不可能

「哎呀，你想寫什麼？」瑪麗安放下腳。

公爵夫人不可能是凶手。

「這是什麼意思？難不成你沒發現我的真實身分？還是，你已精神錯亂？」

然而，比爾不再動彈。

盯著比爾留下的死亡訊息，瑪麗安思考片刻。

「這句話反倒對我有利。」瑪麗安喃喃自語，轉身離開。「班德史納奇，快出來！」

瑪麗安離開後，比爾靜靜露出微笑。

然後，他真的不再動了。

18

亞理倒抽一口氣。

我會被殺。

「妳知道這是什麼嗎？」

「是槍？」

「要說是槍也行，這是鉚釘槍。」

「還不都一樣？」

「嚴格來講，應該是工具，用來把釘子打進水泥或鐵板，原理和槍相同，所以叫鉚釘槍。跟獵槍一樣，取得需要許可證，算是一把貨眞價實的槍。」

「能夠當一般的槍使用嗎？」

「有點困難。由於設計成前端不抵在標的物上就無法發射，如果要殺人，必須把槍口抵在對方身上。」廣山副教授站起，朝亞理走近一步。

「不要靠近我。」亞理啞聲道。

「很害怕吧。」

「對。不過，還不到陷入恐慌的程度。」

「眞的嗎？那我解除安全裝置。」廣山副教授操作著鉚釘槍。微小的喀喀聲響起。

「如果妳殺了我，會被抓起來。」

「大概吧。可是，我別無選擇。不在這裡殺了妳，在不可思議王國我恐怕會被判處死刑。對了，就說妳突然攻擊我，我是正當防衛。」

「我不會讓妳這麼做。」

亞理發出尖叫。

走廊上傳來逼近的腳步聲。

「妳想幹嘛？」

「這麼一來，妳會當場遭到逮捕。」

「妳和我，妳覺得大家會相信誰？」

「拿著槍的是妳。而且，要是我想攻擊妳，會刻意主動喊人過來嗎？」

「眞是這樣嗎？」

「他們懷疑我也沒關係。如果我被調查，妳同樣會被調查。」

「我一點都不擔心被調查啊。」

「我會告訴大家『瑪麗安是凶手』。這麼一來，在不可思議王國的搜查也會有進展。」

「妳只是白費力氣。」

「爲什麼？」

「妳抓不到我的。」

研究室的門打開。

「發生什麼事？」好幾個人衝進來。

廣山副教授揚起嘴角。

咦，她想幹嘛？

亞理忐忑不安。

「栗栖川同學，妳居然敢敲詐我，膽子挺大的。」廣山副教授吐出一句。

亞理聽不懂廣山副教授的話。

敲詐？我敲詐廣山老師？她隨口胡謅有何企圖？

「可是，我不會輸給妳。妳逮不到我。」廣山副教授把鉚釘槍口抵在眉心。

「掰掰，愛麗絲。」

眾人愣在原地，還沒反應過來。

廣山副教授扣下扳機，應聲倒地。

一根鐵釘刺進她的眉心，鮮血自口鼻源源不斷流出。

這一刻，亞理才領悟，瑪麗安不僅是連環命案的凶手，也是唯一能明愛麗絲清白的證人。

19

查出凶手的身分後，我的立場卻比之前危險，這到底算什麼？

愛麗絲靠著森林中的一棵樹坐下，覺得前途茫茫。她沒想到廣山副教授——瑪麗安竟會選擇用那種方式逃走。

她的意思是：如果終究得一死，要盡量讓我不痛快。眞是過分，我根本沒做任何值得她怨恨我的事。

啊，該怎麼辦？這樣下去，我不只背負四件命案的殺人嫌疑，瑪麗安的死也可能算在我頭上。

對了，瑪麗安最後是怎麼死的？

仔細一想，瑪麗安或許也是受害者。元凶是廣山副教授，由於瑪麗安是廣山副教授的分身，不得不死去。

愛麗絲嘆一口氣。

不過，只能順其自然。現下我能做的，僅有告訴瘋帽匠和三月兔全部的事。若是運氣好，他們會相信我，然後找到還我清白的證據。

在這個節骨眼，雖然欠缺一點說服力，倒也不是完全沒證據。

「小姐？」一個罩著兜帽的人突然向愛麗絲搭話。

「咦，什麼事？」

「不好意思，妳是愛麗絲小姐嗎？」從聲音判斷，對方似乎是上了年紀的女人。

「對，我是。」

「噢，太好了。我一直在找妳。」

「要找我？眞是難得。」

「不會啊。不是很多人都在找妳嗎？畢竟妳非常出名。」

「出名也是因爲那件事吧？大家懷疑我是連環命案的凶手，如果我不能證明自己的清白，不久就會被判處死刑。」

「我來找妳，就是爲了那件事。」

「該不會已決定執行死刑的日子？」

「搞不好我能救妳，讓妳免於死刑。」

「別安慰我了。」

「我不是在安慰妳……要是我這麼說，妳會相信我嗎？眞正的凶手是瑪麗安。不，應該說是還在世時的瑪麗安。」

愛麗絲眼前一亮。「妳怎麼知道？」

「跟我走就會明白。」

「瑪麗安犯案的事，其他人知道嗎？」

「詳細情況不能在這裡告訴妳，但就如同妳所說。」

「爲何不能在這裡告訴我？」

「請妳諒解，我不能多透露。若是想弄明白，就跟我走。」

怎麼辦？跟著一個素昧平生的人走妥當嗎？

「在猶豫什麼？再不想辦法，妳就會被判處死刑。乾脆碰碰運氣，妳沒什麼好失去的吧？」

確實，我沒有東西可以失去了。

「好，妳要帶我去哪裡？」

「我不能告訴妳地點，請跟我來。」戴兜帽的女人快步前進。

「啊，等等我。」

愛麗絲腳下突然變得軟綿綿。

天空扭曲，地面隆起。

大地歪斜，星星劃過天際。

時空產生歪曲。這是空間扭曲現象。

時空像迷宮般複雜地變幻構造，每一秒的樣貌都不同。

戴兜帽的女人不停向前走，背影詭異地不斷伸縮。

愛麗絲的距離感錯亂，無法判斷女人是走在一公尺的前方，或十公尺的前方。

愛麗絲不想跟丟，只能拚命追趕。

然而，樹木和山丘不時擋在愛麗絲和女人之間，女人愈來愈常消失在愛麗絲的視野。

當女人走到月亮的彼端，愛麗絲幾乎絕望。但下一瞬間，愛麗絲突然來到一棟屋子前方。

「我們到了。」戴兜帽的女人開口。

「這是哪裡？」愛麗絲環顧四周。

四周漆黑，愛麗絲看不清楚。這似乎是一棟位於森林中的屋子，在不可思議王國是極爲平凡的風景。

「認不出來嗎？最近妳才上門拜訪。」

「可是……」

「請進去吧。」戴兜帽的女人打開門。

愛麗絲猶豫片刻，毅然決然衝進昏暗的屋內。

門在她身後關上，傳來上鎖的聲響。

愛麗絲緊張地回頭。

「這是要避免有人妨礙，請放心。」

雖然妳這麼說……

愛麗絲一陣強烈的不安。

「妳在找能夠證明瑪麗安是眞凶的證據吧。」

「嗯，是的。」

「我能提供證據。我應該是唯一辦得到這件事的人。」

「如果不是在戲弄我，就快讓我看證據。」

「我知道了。證據就在那裡。」戴兜帽的女人指著走廊陰暗的角落。「請仔細瞧瞧。」

「在哪裡?我看不見。」

「看不見嗎?請走近一點,拿起來也無妨。」

「咦,到底在哪裡?」

「就在那裡啊。」

愛麗絲半蹲,伸長脖子在黑暗中張望。

喀鏘。

頸邊傳來一道聲響。

怎麼回事?

燈亮了。

搞什麼,既然有燈,一開始就該點亮。

愛麗絲察覺脖子上多出異物。

她伸手一摸,發現是一只金屬環。

「這是在幹嘛?」

愛麗絲想拆掉,但金屬環牢牢套住她的脖子。

「這個項圈很重要。」戴兜帽的女人拿著一條鎖鏈。鎖鏈另一頭繫在愛麗絲的項圈上。

戴兜帽的女人使勁一扯。

愛麗絲失去重心,倒在地上。

女人壓制傻眼的愛麗絲,又替她戴上手銬。

「這算什麼？我感到非常不愉快。」

「要說不愉快，我也一樣。話說回來，妳不覺得這棟屋子滿眼熟？」

「燈亮後，我就認出是白兔先生的家。」

「沒錯，這裡是白兔的家，現在已沒人住。」

「妳怎會有這棟屋子的鑰匙？」

「妳連這種事都不知道？簡單地推理一下，答案不難猜。」

「擁有這棟屋子鑰匙的，只有白兔先生和瑪麗安……妳是從瑪麗安手上拿到鑰匙？對了，瑪麗安最後是怎麼死的？」

「妳不就是目擊證人？」

「我看見的是廣山老師死去的情景，她舉起鉚釘槍射擊自己的額頭。我雖然也接受訊問，不過目睹她自殺的人很多，沒人懷疑是我殺死她。只是，警方仍懷疑我威脅她。

噯，不過沒有證據，我應該不至於被捕。這本來就是無憑無據的事。」

「其實，這不算誤會吧？」

「什麼意思？」

「妳查出廣山老師是眞正的凶手，並且準備公諸於世。在她眼中，這無疑是種威脅。」

「舉發凶手不能稱爲威脅吧，我又不是想搶她東西。」

「是嗎？一旦妳交出證據，她可能會被判死刑。」

「但是，她選擇自殺。如果她眞的怕死，就不會這麼做。」

「很可惜，我並沒有死。」女人摘下兜帽。
「瑪麗安，妳還活著！」
「對，我活得好好的。」
「當時妳確實死了。」
「妳是指廣山衡子？沒錯，她的確已死。不過，瑪麗安並沒有死。」
「難道妳不是廣山老師的阿梵達？」
「我是啊……唔，嚴格來講，不算是吧。我不是廣山衡子的阿梵達，廣山衡子才是我的阿梵達。」
「我不明白兩句話有何差別。」
「在地球上，你們將兩個世界的關係比喻成電玩遊戲吧？」
「對，井森君是這麼說的。」
「角色是依循妳的意志行動的分身。」
「我同意。」
「不過，角色不等於妳。」
「這我也同意。」
「萬一妳死掉，角色也會死掉。」
「該說是死掉嗎？如果沒有操作的人，角色自然會消失。」
「這一點和電玩遊戲不同，按兩個世界的規則，角色會死去。」
「可是，妳居然活著。」

「當然。難道電玩的角色死去，妳會跟著死去嗎？」

「怎麼可能，我只是負責操作。電玩角色死去，但操作者不會死去。畫面頂多出現一句類似『這麼輕易死掉很丟臉』的訊息，然後角色會自動復活，遊戲繼續……」愛麗絲倒抽一口氣。「換句話說，這個世界的人和動物是本尊，地球上的人才是阿梵達嗎？」

「是啊，妳以爲情況相反？」

「我沒想過自己是冒牌貨或複製品，地球上的人應該都是如此。」

「倒也難怪，誰都不會認爲自己是電玩中的角色。」

「之前我只是隱約懷疑，兩個世界其實是對等的。」

「並非對等，這個世界才是眞實的——地球上的事不過是一場夢。」

「夢？是我做的夢嗎？」

「確實也算妳做的夢。可是，這樣無法說明，爲何妳做的夢和其他人相同。」

「那麼，地球果然是實際存在的？」

「實際存在？硬要說，夢的確能算是實際存在。」

「所以，地球眞的僅僅是夢？」

「嗯，對啊。但不是妳的夢，妳只是分享別人的夢。」

「那麼，到底是誰的夢？」

「白兔的研究已接近正確答案。他一直在這棟屋子的祕密地下室進行研究，我悄悄偷走他的研究成果。愛麗絲，妳應該曉得部分答案。」

「我什麼都不曉得。」

「特老大和特老二（註），這兩個人曾擔任白兔的助手。」

「等一下，妳說特老大和特老二……」

「當然，這兩個人不清楚眞正的事實。他們模糊地知道個大概，卻自以爲理解透徹。」

「我想起來了，是紅國王。特老大和特老二帶我去看沉睡在森林裡的紅國王，說他正夢見我。我們都是他夢中的人物。」

「他們的話一半正確，一半是胡謅。紅國王夢見的是地球，而我們只是各自分享他的夢。」

「怎會發生這種情況？紅國王是何方神聖？」

「我不知道。不過，紅國王不是一個單純的存在。沉睡在森林中的僅僅是一部分的他。」瑪麗安踢著地板上的凹洞。

伴隨劈哩叭啦的聲響，地板縫開，出現一個大洞。

「這就是祕密研究所，白兔一直以爲沒人發現。」

愛麗絲探看地板下方，裡頭雜亂堆著無數的書籍和筆記。中央有一個奇妙的物體，看上去像一座戴著結有紅穗的尖頂睡帽的破布小山，規律地脈動，發出猶如蒸氣火車或

註：Tweedledum and Tweedledee，英國童謠集《鵝媽媽童謠》裡出現的角色，因路易斯・卡洛寫進《愛麗絲鏡中奇遇》而廣爲人知。

野獸低吼的聲音。

「那是什麼？」愛麗絲顫聲問。

「那就是紅國王。」

「現下紅國王應該在森林中沉睡。」

「那不過是一個節點，紅國王遍布在這個世界的每一角落。森林中的他，和在這裡的他互相連結，地位平等。」

紅國王身上裝設無數的導線和管道。

「那形同一種生物量子電腦。藉著運用時空重整化理論，他擁有無限的模擬能力。」

「他在模擬地球嗎？」

「對啊。」

「目的是什麼？」

「我不知道，也沒興趣知道。」

「一旦他醒來，會發生什麼事？」

「他再次沉睡前，地球會消失吧。」

「等他睡著，地球又會復活嗎？」

「對。不過，根據白兔的研究，復活的地球不再是同一個地球，會變得有點不同。比方，之後可能會出現在童話中提及不可思議王國的地球，搞不好主角就是妳，愛麗絲。而且，書名就叫《愛麗絲夢遊仙境》之類的。」

「地球雖然會改變，但不可思議王國不會改變。妳早就知道，即使地球上的廣山老師自殺，不可思議王國的瑪麗安也不會死去。」

「是的。這要歸功於白兔，他眞的很有用處。借用他對不可思議王國動物生態的知識，我得以利用蛇鯊和恐怖的班德史納奇怪獸。眞是諷刺，白兔遭自己的研究奪走性命。」

「殺害他的是妳吧，不要趁機偷換概念。」

「沒錯，白兔是我殺的。包括蛋頭人、獅鷲，和那隻蠢蜥蜴比爾，全是我殺的。我靠自己的力量擺脫危機。」

「妳純粹是運氣好。若不是我和妳的體味相似，一開始妳就會引起懷疑。」

「運氣也是一種實力。不過，要怪你們對我窮追不捨，我才不得不殺死他們。」

「妳也想殺我？」

「要殺妳有困難。若是殺了妳，我得編造出其他凶手。」瑪麗安亮出一把刀。「不過，若妳不乖乖聽話，我也只能殺了妳。妳自己走上二樓吧。」

該聽從她的指示嗎？還是，乾脆孤注一擲反抗她？對方有刀，我脖子上有鎖鏈，雙手又被銬住，勝算極小。我握有瑪麗安是眞凶的證據，與其和她拚命，不如趁隙向外求援，獲救的機會較大。

眞是這樣嗎？

愛麗絲絞盡腦汁，擬訂脫逃計畫。

「妳在磨蹭什麼？別想拖延時間。」瑪麗安的刀抵在愛麗絲脖子上。

「現在殺了我，妳就失去藉口。」

「不需要藉口，防止別人找到妳的屍體就行。」

「一定會有人找到我的屍體。」

「說『一定』未免太誇張，但確實可能曝光。不過，我別無選擇。如果無法監禁妳，只能當場殺了妳。」

瑪麗安的眼底閃現瘋狂的光芒。

她已殺害好幾個人。要再殺人，她大概不會有絲毫猶豫。

愛麗絲爬上樓梯。

兩人走進二樓的房間。

瑪麗安命愛麗絲坐在床上。

「這輩子妳不需要再走路。」瑪麗安替愛麗絲戴上腳鐐。

愛麗絲看著窗戶。窗上裝有鐵柵欄，從那裡逃走的機率很小。

「爲何妳一臉悲傷？」瑪麗安問。

「自由遭到剝奪，誰能不悲傷？」

「剛剛我可是在說會養妳一輩子，有什麼好傷心的！」

「養我？妳會送食物給我嗎？」

「要看妳介不介意吃點心。瞧，這裡不是有餅乾嗎？」瑪麗安遞一盤餅乾給愛麗絲，隨即吃起來。

愛麗絲拿起一塊餅乾，大口咬下。

愛麗絲對味道不抱期待，但餅乾意外香甜，帶來些許安慰。

「十分可口，謝謝。不過，只吃點心會營養不均衡。」

「我才不管那麼多。妳就抓些天上飛的蒼蠅、蚊子，或地上爬的蟑螂來吃。」

「吃這些就能營養均衡？」

「我哪知道。妳不想吃，就不要吃。」

「妳是指蟑螂，還是點心？」

「兩種都一樣。」

愛麗絲再度望向窗外。只見一片森林，沒有任何人經過。

如果放聲大喊，應該會有人聽見吧？

「妳是不是在想『如果放聲大喊，應該會有人聽見』？」瑪麗安問。

猜中了，但愛麗絲決定不理睬。

「很遺憾，那是不可能的。不可思議王國的人成天都在大喊大叫，早就見怪不怪。況且，這條路是專為白兔家修建，白兔一死，根本沒人會靠近。」

即使如此，也不是毫無希望。瑪麗安不會一直守在這裡，趁她不注意時大聲呼救，遲早會有人發現我。

「妳是不是天真地想，趁我不注意時大聲呼救，遲早會有人發現妳？」

愛麗絲沒吭聲。

瑪麗安簡直像會讀心術。當然，這是不可能的。她僅僅是從言行舉止推斷我的心思，搶先一步說出我的想法。

所以，只要我不回答，瑪麗安就無從推測我的思緒。

「妳以爲不說話，我就猜不出妳在想什麼？實在太天眞。」

瑪麗安在胡亂猜，我不必過於在意。

右腳突然竄過一陣輕微的疼痛。

「妳剛剛皺眉了吧。身體哪裡覺得痛嗎？是手，還是腳？」瑪麗安彷彿突然變大。

是我多心嗎？不對，她體型確實變大。

「妳發現啦？沒錯，餅乾裡加進一點妳以前吃的香菇。就是吃下後身體會忽大忽小的香菇。」

「幹嘛要這種把戲？妳想把自己變大，然後捏扁我嗎？」

「如果能這麼做就好了，但萬一妳的屍體被發現可不妙。殺人魔是妳，妳卻遭人殺害，大家就會發現另有殺人魔。」

「眞是左右爲難。妳想殺我，又無法殺我。」

「想殺妳也不是沒方法，防止妳的屍體曝光就行。只是，倘若不能完美藏匿妳的屍體，一切就失去意義。這風險太大。」

看來，她認爲囚禁我的風險較小。

愛麗絲忍不住傻眼。

不過，或許這樣對我有利。我可以逃過死劫。

「不過，一直關著妳的風險也很高。」

「搞什麼，妳發現啦。我還以爲妳不知道。」

「怎麼可能。」

「那妳有何打算？與其今後擔驚受怕地過日子，不如去自首求個解脫。」

「少來，我想到一個更聰明的方法。」

「什麼方法？」

「讓妳意外身亡就行。」

「我？」

「對。自殺或病死都無所謂，得想出高明一點的偽裝方法。」

「妳想到了嗎？」

「嗯，有個十分簡單的方法。」

「我會遇上怎樣的意外？」

「戴著項鍊、手環和腳鍊的妳，吃下添加神奇香菇的餅乾，不小心睡著。」

「戴著項鍊吃餅乾睡著又怎樣？」

「身體會變大。」

「我知道，妳變大了。」

「再過不久，妳也會變大。」

「所以呢？不過是變大……」

「怎麼？」

「咦，好奇怪。」愛麗絲發出慘叫。「感覺……腳……我的腳……」

「怎麼啦？」瑪麗安笑咪咪地問。

愛麗絲看著自己的腳。腳鐐勒著足踝，她的皮膚破裂，肌肉切斷一半。

「這……是怎麼回事？」

「如妳所見，妳很快會失去足踝。」

愛麗絲終於明白瑪麗安的意圖。

吃下添加神奇香菇的餅乾，愛麗絲的身體會漸漸巨大化。但腳鐐不是生物，大小不會改變。最後，腳鐐會勒進她的皮肉，切斷她的足踝。

「從哪個部位開始變大是看個人體質，妳似乎是從腳開始變大。」

原來如此，我是從腳開始變大。所以，我先感到腳痛。接下來是哪裡？

愛麗絲望向套著手銬的腕間。

接著，她摸摸脖子，戴著項圈。

我的腳踝會先切斷，再輪到手腕，最後是脖子。

然後，瑪麗安會拿掉項圈和手銬，換成項鍊和手環。

不可思議王國沒有科學辦案，因此，愛麗絲會被當成意外身亡處理。

眞是聰明的方法。既能除掉我，又能讓自己處在安穩的位置。

瑪麗安笑得一臉燦爛。

愛麗絲很想吐，仍強迫大腦全速運轉。

絕不能輸給瑪麗安。我得設法逃出困境，必須讓她贖罪。

愛麗絲搖搖晃晃站起。「瑪麗安，不要再幹傻事。」

「幹傻事？不，我這招非常高明。」

「不要繼續加深罪孽，這沒有意義。妳應該老實去自首。」

「去自首才叫沒有意義。我殺害四個人，不管我自不自首，都一定會判處死刑。想逃過死刑，我只能除掉最後一個礙事的人。」

「這樣事情會沒完沒了。過著不斷殺人的日子，妳不覺得悲慘嗎？」

「一點也不覺得。殺人我挺拿手，結束後神清氣爽，根本沒有罪惡感。況且，這大概是我最後一次鋌而走險。除了妳，沒有其他人懷疑我。」

「這是在玩火，妳趕緊住手吧。」

「對，我是在玩火。不過，隨著時間一分一秒流逝，我的處境會愈來愈安全。等妳腦袋落地，我就真的安全。」

瑪麗安的邏輯似乎沒有矛盾。她的腦袋比廣山老師聰明許多，不過，我不打算乖乖受死。

愛麗絲吸進一口氣，用力衝撞瑪麗安。

瑪麗安一屁股跌坐在地。

愛麗絲壓在她的身上。「快，把鑰匙給我。」

「才不要。」瑪麗安的身體又變大。

神奇香菇的效力是階段性的。

愛麗絲被彈開，摔在床上。

糟糕，我也快變大了。

愛麗絲站起，想再次撲向瑪麗安。

足踝竄過一陣劇痛。

愛麗絲飛撲向前。

瑪麗安俐落閃躲。

愛麗絲遭受著火般的衝擊，摔在地板上。

「嗚啊啊啊啊。」愛麗絲像野獸般嘶吼。

回頭望去，愛麗絲發現自己的雙足並排在先前的位置，傷口斷面看得見淨白的骨頭。

出血量非常驚人。

愛麗絲甩亂一頭秀髮，瞪視著瑪麗安，淚水不住流下。

愛麗絲用指甲抓著地板，爬向瑪麗安，口水不斷溢出嘴角。

「哎呀，這下事情嚴重了。」瑪麗安露出微笑。

我該怎麼辦？

證據。我必須留下瑪麗安幹壞事的證據。

我有證據，就在這裡。

愛麗絲按著口袋。

可是，這樣下去證據會有危險。

愛麗絲的腰腿急速變大。

巨大化漸漸朝上半身發展。再過幾秒，我會失去手腕，接著就輪到脖子。

在那之前，得設法保留證據。我不想白白死去，要報一箭之仇。

我不能把證據帶在身邊死去，必須送到外面。

愛麗絲不再以瑪麗安為目標，轉而爬向窗戶。

窗戶開著，但裝有鐵柵欄，從那裡出不去。

「如果妳的身體變小，就能鑽出鐵窗縫隙。」瑪麗安出聲。「不過，妳沒時間找變小的香菇。」

愛麗絲的腰部膨脹，撐破裙子。

對了，有一個辦法。雖然不曉得算不算是好辦法，但我沒有更好的主意。

愛麗絲把手放進口袋。

「妳藏著什麼？」

愛麗絲沒回答，握著拳頭伸出鐵窗。

「那是什麼東西？給我看！」瑪麗安抓住愛麗絲的手，試圖拉回來。

然而，愛麗絲的胳臂變得太粗，緊緊卡在鐵窗之間，動彈不得。

「那是對我不利的東西嗎？」瑪麗安問。

「大概吧。」愛麗絲淌著淚水。

「這只是白費力氣，妳就要死了。」

「反正都得一死，我要讓壞人得到制裁。」

「妳的胳臂會變得比現在粗十倍，遭鐵窗切斷。那可是很疼的。」

「反正我的手遲早會被手銬切斷。」

愛麗絲的手腕發出咯吱咯吱的聲響。

她的胳臂變得更粗，皮膚浮現瘀血，拳頭又紅又腫。

還不能張開拳頭，我必須忍耐。

一陣骨頭碎裂的脆響傳來。

皮膚迸裂，傷口噴出的血量驚人，愛麗絲手腕以上慘遭切斷。

她的拳頭掉在窗外。

愛麗絲仰頭倒下。

房間裡降下血雨。

愛麗絲發出慘叫。

她的另一隻手掌也鼓脹起來，從腕間截斷，滑落地板。

愛麗絲痛苦地揮舞四肢。

「眞傻，妳做什麼都沒用。」瑪麗安一副勝利的表情。

「不是……沒用。」愛麗絲虛弱地反駁。

「不，沒用的，妳即將死去。而且，妳的阿梵達亞理也會死。這是既定的事實。」

「才沒有……什麼……既定的……事實。」愛麗絲的脖子膨脹，遭項圈勒住，漸漸喘不過氣。

「妳別逞強了。」

「有……件事……妳……不知道。」

「騙人。」

「不，我沒……騙妳……想知道……那個……祕密嗎？」

「是什麼？如果不是騙我，妳就快說。」

「我……喘不過氣……聲音出不來……妳再靠近一點……」

瑪麗安湊近愛麗絲的唇邊。

「呸！」愛麗絲吐一大口血在瑪麗安臉上。

「妳在幹嘛！」瑪麗安非常生氣，揍愛麗絲一拳。

愛麗絲的頭顱遭項圈切斷，又被瑪麗安打飛到房間另一頭。

少了頭顱的身體和手臂繼續擺動。

飛出去的頭顱則帶著驚愕的表情眨眨眼。

「妳還活著嗎？」瑪麗安問。

愛麗絲沒有回應。

瑪麗安在血海中接近愛麗絲的頭顱。「妳說話啊。」

沒有回應。

「哦，對了，妳沒有肺，不能說話。」

瑪麗安戳戳愛麗絲的臉頰。

皮膚仍有彈性。

沒有反應。

瑪麗安使勁全力揍愛麗絲的鼻子一拳。

傳來樹枝折斷般的聲響。

沒有反應。

「什麼嘛，原來妳真的死了。」瑪麗安低喃。

然後，她放聲大笑。

大笑一陣，瑪麗安歪起脖子。

「喂，妳扔什麼東西到窗外？」

沒有反應。

「妳不會是在裝死吧？」

沒有反應。

瑪麗安從窗戶往下看。

「鐵窗擋住視線，看不見。」

瑪麗安離開房間，衝下樓。

她來到屋外，在窗戶下方尋找，發現愛麗絲的手掌掉在一堆枯葉上。

看著不像掉下來，倒像有人擺在那裡。

瑪麗安硬是攤平愛麗絲的手掌。

她的手心空無一物。

「最後的最後，妳還在虛張聲勢嗎？遺憾的是，妳的虛張聲勢只維持一分鐘。」

瑪麗安在強風中繼續狂笑。

20

那個女人死了。

田畑助教暗自竊喜。

而且，她拿槍射穿自己的腦袋。

根據謠傳，她因故遭到一名年輕女子威脅。

至於是什麼原因，田畑助教並不特別想知道。

廣山副教授死了，這件事本身更具意義。

那個女人早就發瘋。然後，她還要把自己的瘋狂散播給周圍的人。

田畑助教憶起昨天以前的苦日子。

「這份資料是怎麼回事？你得整理得更清楚，否則我看不懂不就沒意義？」

妳連這份隨便一個高中生都讀得懂的資料都無法理解。妳連一般人的常識都欠缺。如果要自稱大學副教授，起碼得具備最低限度的科學知識吧。

「我知道了，我會修正。」

「幹嘛放圖表？我不懂有何意義。看那些線能知道什麼？給我好好做成表格，簡單易懂的那種。」

爲什麼連圖表都看不懂？如果連這麼單純的柱狀圖和散布圖都看不懂，妳最好從小學開始重讀。況且，這麼龐大的數據要怎麼做成表格？沒辦法，我就單獨抽出平均值和標準偏差值來用吧。

「我知道了，我會修正。」

「這是什麼？給我一堆數字，我怎麼看得懂？你也說明一下這些數字的意思啊。這是什麼意思？是代表好，還是不好？如果是好的意思，就打個○。不好，就打個×。把表格都填上○×。對了，普通就打△吧。

喂，好是什麼意思？壞是什麼意思？這不是設備性能的測試資料，只是整理一下形狀分布的傾向，沒有所謂的好壞。還有，△算什麼？普通？這台設備又不會流通到市面，怎麼可能普通？

「我知道了，我會試著用○×△呈現。」

「啊，這樣整理得不錯。全部是○，代表好的意思吧。我們做出好的結果。我只要知道這件事就夠了。」

我依妳的吩咐把表格都填上○嘍。雖然這份表格已沒有任何意義，但既然妳滿意，我就無所謂。拜託，別再找莫名奇妙的理由剝奪我寶貴的實驗時間。

「感謝您的指導，還請多多指教。」

「等等，篠崎教授說這份表格不行，根本沒有意義。還有，數據需要理論佐證。你把理論寫一下！」

最初的論文版本，我早把理論寫清楚。還不是妳說看不懂，要我刪除！我就好心幫妳改回來，快拿去給教授！

「理論嗎？瞭解。」

「喂，你瞧不起我嗎？不是說過，你寫成這樣我看不懂嗎？要向篠崎教授說明的是我。如果不寫成我看得懂的內容，有什麼意義！」

啊啊，到底在搞什麼？這不是在鬼打牆嗎？篠崎教授要求的是高水準的內容，可是高水準的內容妳又理解不來，根本行不通。妳卡在中間，事情絕對不會順利。不能由我向篠崎教授說明嗎？如果由我來，我能正確說明。

「非常抱歉，我會改寫成簡單易懂的形式。」

「在明天之前全部重來。還有這份數據，不要用金屬導體的，可以換成超導體的數據嗎？剛剛篠崎教授問『不能用超導體的嗎』。麻煩你明天早上十點前給我。」

妳是笨蛋嗎？我光是收集金屬導體的數據就耗費半年，明天早上絕對不可能完成。

「好，我會努力試試。」

「你要去哪裡？實驗室？還在那邊慢吞吞地做什麼？明天早上我們就得把資料交出去，哪有時間做實驗？如果有這種閒工夫，你先去把簡報做出來！」

所以，簡報內容需要數據啊。

「對不起，超導體的數據至少要滿足三個條件，我現在就想辦法測出來。」

「你是傻蛋嗎？我們需要的是數據，不是做實驗。你立刻著手做簡報，懂了沒？」

什麼意思？不做實驗就得出數據？

「數據如果不做實測，我想至少需要數值模擬結果。」

「數值模擬？可以是可以，但你不能寫出模擬兩個字。」

妳到底在說什麼？簡直難以理解。

「那我應該怎麼寫？」

「寫『實驗結果』不就好了？」

這個老太婆是要我捏造數據嗎？

「不太好吧，篠崎教授叮囑過不能做這種事。」

「那就不要模擬了！總之，明天以前你要把數據放上去！」

搞到最後，還不是要做實驗。

「瞭解，那我去做實驗。」

「你到底怎麼聽人說話的？沒時間做實驗，趕緊去做超導體數據的簡報！」

總覺得愈來愈想吐，妳知道自己在說什麼嗎？

「可是，如果實驗不做，模擬也不做，就沒有數據。」

「這你自己想辦法。你到底當研究員幾年了？用常識想想吧！」

她果然是要我捏造數據嗎？這麼一提，她的論文數據一向很奇怪。數據漂亮得不得了，論文卻缺乏整合性。所以，她一直在幹那種事嗎？現下還要我也依樣畫葫蘆？

「嗯……我不懂您的意思。沒有數據，我什麼也不能做。」

「你明白自己的立場嗎？篠崎教授再兩年就要退休。你以爲這個講座往後會是由誰主持？忤逆我會有什麼下場，你知道嗎？你想一直當個助教嗎？」

這是在威脅我？可是，如果眞的捏造數據，我的研究員生命就結束了。

「資料的提出，還是等下一次的機會比較好吧？」

「你在說什麼？要是明天不把資料交出去，怎麼申請預算？」

反正妳不做實驗就能得出數據，哪需要什麼預算。

「我想放棄也是一個選項。」

「不行，預算的用途早就決定，要用來添置Galactica產業的設備。」

Galactica產業？說到這裡，最近Galactica產業的人似乎經常到妳那邊走動？他們也頻繁設宴招待妳，我還看見妳收過奇怪的信封，該不會是回扣吧？

「設備維持現狀，我想應該不至於出問題。」

「你說什麼？關於做研究你懂什麼？沒有Galactica產業的設備，研究就不能進行。這件事已決定，你絕對不要多嘴！」

看來關係匪淺。不過，我沒有證據，也只能照辦。

「我知道了，數據我會想辦法。」

「另外，關於設備的安全檢查，明天九點前要向總務課提出報告。」

沒頭沒腦地妳在扯什麼？

「咦，您是指哪件事？」

「哎呀，我沒和你提過嗎？總務課半年前通知，要針對所有設備做兩百項檢查，製作安全手冊。期限就是明天。」

喂，我們手上有幾十台機器，妳知道嗎？

「很抱歉，實在來不及在明天完成。」

「來不及？現在才晚上十一點，時間不是很充裕嗎？」

簡直亂來，這工作得花上好幾天啊。

「我沒辦法一面做實驗樣本，一面製作手冊。」

「沒辦法？那就禁止你使用設備！」

喂，這樣會頭痛的是妳吧。

「可是，這樣我就不能做實驗。」

「那樣正好。現在忙得很，沒時間給你做實驗。你就專心整理數據。」

需要數據，卻不用做實驗。不做實驗，卻要買設備。爲了買設備，又需要數據。這個老太婆講話都自相矛盾。

「眞的沒辦法，今天我必須提早回家。我念小學的獨生女發燒臥床，剛剛我太太也發燒了。所以，我今天得早一點……」

「你說什麼？女兒生病？太太發燒？那些事就不用管了。你以爲你是靠誰養家餬口？工作優先於個人私事，這是常識。大學付了薪水給你不是嗎？不工作你就是薪水小偷！你這個薪水小偷！」

那妳自己又做了什麼？成天只會妨礙別人工作不是嗎？妳可沒資格說我是小偷。

「非常抱歉，我立刻去做。」

「對，就是這樣。我因爲你吃了多少苦頭啊，眞是會添麻煩。」

…………

簡直噁心透頂。

不過，那個女人死了。

値得慶幸。

眞是太好了，這也是爲所有人好。如此一來，不會再出現造假論文，可以維護篠崎教授的名譽。而我能氣定神閒地做研究、指導學生，乾脆來把實驗手冊編寫充實一點吧。

雖然工作會變忙碌，但不必像從前那樣做一堆無用的事，只爲滿足那女人的私心。

我終於能做有意義的工作。

田畑助教浮現心滿意足的笑容。

「你在傻笑什麼？」廣山副教授忽然出現在眼前。

「哇！」田畑助教一屁股跌坐在地。

「你這麼驚慌失措幹嘛？冷靜一點。」

「可是……」田畑助教發出哀號。

「可是什麼？」

「可是您……」

「我怎麼了？」

「您前幾天才……」

「前幾天？」

「咦？」

「我前幾天怎麼了？」

「眞奇怪。對了，記得發生一件大事。」

「怎樣的大事？」

「自殺事件。」

「自殺？你是說那個姓王子的博士生？」

「不，不是他，是您……」

「我自殺？」

「嗯，對。」

「我還活著啊。」

「您還活著……當然，畢竟那只是夢。」

「你從剛才一直在說什麼啊？」

「我夢見您自殺。」

「這算什麼？眞令人不舒服。」

「不過是做夢罷了，請不要介意。」

「爲什麼突然和我提夢的事？」

田畑助教歪著腦袋。「爲什麼呢？不過總覺得……」

「怎麼？」

「總覺得那場夢是眞實發生過的事。」

「你是說，你覺得那場夢是眞的？」

「對。」

「在夢裡大都是這麼想啊。」

「也是。」

「該不會你聽到那對奇怪學生情侶說的話？」

「奇怪的學生情侶？」

「對，他們提到不可思議王國之類的。」

「哦，我是見過他們。」

「他們只是在妄想，你不必在意。」

「啊，是的。」

「對了，今天中午前，你要把所有藥品的清單交出來，還要一併附上持有量、年間使用量、價格、產品安全數據表。」

「我們研究室的藥品有上千種。」

「是嗎？可是，今天是截止日。他們半年前就通知我們，我無法開口延長時間。」

「我今天是第一次聽說這件事。」

「這種藉口我不接受，你可是負責人。」

「我是負責人？」

「對。如果來不及，你要負起全部責任。」

「您不用負責任嗎？」

「這還用說嗎？我是指導者，爲什麼需要負責？本來就是做下屬的要負責。」

「由下屬負責嗎？」

「這是常識吧！」

「是嗎？我馬上去製作名單。」田畑助教頹然垮下肩膀，拖著沉重的腳步離開。

那傢伙剛才還在傻笑，以爲我死掉。不過，直到剛才爲止，那的確是事實。

即使廣山衡子在這個世界死去，只要不可思議王國的本尊瑪麗安活著，廣山衡子就能無限復活，重新設定。不是我有特殊待遇，紅國王的規則便是如此。不過，設定牽扯到死者的復活，想更動很勉強，只能硬生生編造我的死是夢中發生的事。雖然他們會留下我曾經死去的記憶，但這段記憶會與其他記憶分開，加以淡化模糊，因此人心會把這段記憶當成夢。原理和不可思議王國的記憶在這個世界會變得不明確，大家往往把那邊的事當成夢一樣。詳細情形我不清楚，也沒必要知道。反正紅國王繼續沉睡，紅國王的夢就會繼續存在。我利用這一點就行。

話說回來，這次一連串的事眞是棘手。第一個誤算是錯殺蛋頭人，將愛麗絲牽扯進來，導致除了獅鷲，我還不得不殺掉白兔、比爾和愛麗絲。擬定計畫眞是麻煩透頂，幸好我總算順利熬過。

廣山副教授回到辦公室，深深坐進椅子裡。她閉上眼睛，深吸一口氣。

我的願望會一件一件實現吧。殺了獅鷲，得到研究室。接著是當上教授、系主任，然後是院長。當然，期間可能會有很多人眼紅，難免發生不如意的狀況，到時我再利用紅國王夢的規則解決就行。

辦公室的門打開，一陣腳步聲接近。

「你怎麼回來了？快去做清單。今天晚上做，明早交給我。還有，產品安全數據表我完全看不懂，你得全部和我說明一遍。」

「這種麻煩事我才不幹。」

是女人的聲音。而且，是廣山副教授也熟悉的聲音。

廣山副教授睜開眼睛。

她深吸一口氣。

一個意想不到的人物站在她面前。

「愛麗絲，爲什麼妳還活著？」

「不，愛麗絲死了。」栗栖川亞理平靜地說。

21

「喂，愛麗絲。」睡鼠在口袋裡出聲。「既然瑪麗安在死前自白，這個案子應該算解決了吧？」

「可是，目擊者只有妳一個人。加上瑪麗安已死，我們無法取得新的自白。」愛麗絲坐在森林中一棵大樹的樹根處。「何況，妳在地球上被懷疑是恐嚇犯。」

「就是啊。不知爲何，大家都把我在地球上的分身栗栖川亞理，當成妳的分身。」

「誰教妳經常待在我的口袋裡。我的所見所聞，栗栖川亞理都知道，大家才會這麼想。」

「我原本打算解釋清楚，但中途改變想法。如果大家把愛麗絲當成亞理，我在不可思議王國不就能自由行動？再來，最好不要讓眞凶知道妳還有一名同伴。」

「我的同伴比爾和白兔先生都遇害身亡。」

「白兔不算是同伴吧。」

「在這邊的世界不算啦。不過，在地球上，李緒學姊不是妳的朋友嗎？」

「可是，她甚至沒把我當愛麗絲，一直以爲我是瑪麗安。」

「就是誤會加上誤會的結果。不過，我在地球上無法和妳一起行動，幸虧妳每天晚上都會告訴我事情經過，幫了我大忙。」

「雖然我有點擔心是不是完全轉述正確。」

「咦，有人來了。」愛麗絲警覺。

「那我躲到口袋裡。」

「不需要吧？凶手死了啊。」

「以防萬一。亞理和睡鼠的關係不曝光，或許比較容易取得情報。」

「也對。如果想曝光，隨時都能曝光，目前暫時保密吧。」

睡鼠在口袋裡蜷成一團。

22

「可憐的愛麗絲死了。」亞理從口袋取出一團手帕。

手帕上躺著一個渾身是血的小小灰色物體。

「這就是愛麗絲的阿梵達，我重要的家人——哈姆美。」

「倉鼠？愛麗絲的阿梵達不是妳，是隻倉鼠？」

「是啊。昨天，一顆石頭突然扔進我的房間，打破窗玻璃，直接砸在籠子上。她的身體被壓斷好幾截。」

「眞令人同情。不過，這件事和我沒關係。」廣山副教授應道。

「是沒有直接關係。不過，哈姆美是因爲妳殺害愛麗絲才喪命，這一點毋庸置疑。」

「我殺害愛麗絲？那妳說，我是怎麼殺她的？」

「妳替她戴上項圈、手銬和腳鐐，再下藥讓她巨大化。」
「那是意外。她是戴著項鍊、手環和腳鍊巨大化。」
「愛麗絲沒有戴首飾的習慣，卻特地戴上那些東西，甚至巨大化，未免太不自然。」
「那我退一步，就當她是被人殺死吧，爲什麼一定是我幹的？」
「殺了她能得到好處的是誰？想必是眞凶。」
「所以，妳憑什麼指控我是凶手？況且，大家都認爲她是連環命案的凶手，除了眞凶，應該很多人都對她懷恨在心。」
「愛麗絲藉由比爾的死亡訊息，掌握到妳是眞凶的線索。」
「是嗎？可是，死人不會說話。還是，有人親眼看見我殺死她？」
「對，有人看見。」
「誰？」
「我。」
「妳是何人？」
「我是栗栖川亞理。在不可思議王國，我的本尊是睡鼠。」
「妳和愛麗絲的立場豈不是對調。」
「怎麼對調？」
「人類和齧齒類的立場對調。」
「不行嗎？」

「沒有啊。這裡是紅國王的夢境，不管發生什麼事都不奇怪。然後呢？」

「妳殺害愛麗絲時，我在她的口袋裡。」

「這可嚇到我了，我完全沒發現。我確實殺害愛麗絲，但妳也對朋友見死不救。」

「我原本準備跳出去攻擊妳，可是，愛麗絲隔著口袋按住我。我明白她的意思。如果我跳出去，很可能兩個人都會死在妳手中。所以，她希望我逃走，揭發妳幹的壞事。這是愛麗絲的遺願。」

「我檢查過愛麗絲的屍體，沒在口袋發現妳。妳是怎麼逃走的？」

「愛麗絲握著我，把胳臂伸出鐵窗。不久，巨大化的手腕遭鐵窗切斷，我掉下去。幸好有愛麗絲的手掌充當緩衝，我平安無恙。然後，我在妳趕來前逃進森林。」

「我也懷疑愛麗絲扔證據下去，可是她手裡空無一物。我以爲她在虛張聲勢，沒想到證據竟然是活的。」

「覺悟吧，瑪麗安。」

「我爲什麼要覺悟？」

「目睹妳行凶的目擊證人就在這裡。」

「那又怎樣？」

「我會作證。」

「請便。不如妳現在就去找警察？」

「妳很有自信嘛。」

「警察無法逮捕我，因爲我沒殺人。」

「妳在不可思議王國殺害五個人。」

「可是，我在地球上一個人也沒殺。在夢中無論殺害幾個人，在現實中都不會遭到問罪。」

「但實際上，不可思議王國是現實，地球才是夢境。」

「都一樣。從夢境看來，現實才是夢。在現實中犯下的罪，在夢中不會遭到問罪。」

「我也會在不可思議王國作證。」

「請自便。」

「妳心裡在想，只要殺了我就沒事吧？如果指控妳是凶手的我死掉，其他人會怎麼想？」

「不，我不會殺妳。我沒必要鋌而走險。妳雖然是證人，但妳沒有物證。這五件命案，我根本沒留下物證。」

「眞的嗎？妳有自信沒留下任何一滴血液、汗水、淚水，或一根毛髮？」

「就算有又怎樣？」

「用科學方法鑑識，立刻就能證明妳是凶手。」

「不可思議王國的人哪有科學辦案能力？」

「唔，這倒是。」亞理嘆一口氣。

「怎麼，這麼快就死心？」

「我只是對科學辦案死心，關於制裁妳，我並未死心。」

「可是，妳無法證明我的罪行。」
「我會控告妳。」
「妳再怎麼胡言亂語，別人只會認爲妳是在背後中傷我，認爲妳因朋友的死精神錯亂，沒人會站在妳那邊。」
「不，這裡就有一個。」谷丸警部從門的右側死角走出來。
「你待在那裡多久？」廣山副教授的臉色驟變。
「從妳注意到栗栖川小姐時，我就在場。」
「你聽到我們的交談？」
「對，妳招供了。」
「那是在開玩笑。」
「愛麗絲死亡時的狀態並未公開，妳卻滔滔不絕說出只有凶手才曉得的事。」
「哦，是這樣嗎？」廣山副教授態度驟變，一副蠻不講理的口氣。「那又怎樣？不過是胡言亂語的人從一個增加到兩個罷了，沒人會相信你們的話。」
「不是兩個人。」西中島從門的左側死角走出來。
「你們到底藏著幾個人？」
「沒有其他人。可以證明妳罪孽的有三個人。」西中島回答。
「原來如此，有三個人。」廣山副教授有些驚嚇。
「沒錯，三個人。放棄掙扎吧。」
「爲什麼？」

「因爲有三個證人。」

「不過是三個人。不，不管幾個人都沒用。證人只是證人，口說無憑，不能當成證據。」

「我們既是地球人，也是不可思議王國的居民。在不可思議王國，定罪只要有證詞便足夠。」

「在不可思議王國作證又有什麼用？那裡的人不是騙子就是傻瓜。不管你們怎麼說，都沒人會理你們。」

「沒人會聽我們的證詞嗎？」谷丸警部問。

「對，沒人。」廣山副教授斷言。

「可是，聽我們證詞的人，不也是不可思議王國的居民？」

「正因如此，沒人會認眞把你們的證詞當一回事。」

「究竟會由誰來聽我們的證詞？」

「當然是法官。」

「法官是誰？」

「國王。不過。實際掌權的是女王。」

「唔，那麼，只要女王同意，甚至不需要證據不是嗎？」

「如果你們辦得到的話，但這是不可能的。」

「怎麼不可能？」

「女王頭腦很差勁，無法理解別人口中說出的話，只能理解親眼看見或親耳聽到的事。」

「原來如此，女王頭腦很差勁嗎？」

「對，差勁得要命。」

「這是重要情報。西中島，快做筆記。」

「是的，警部。」

「還要註明是她說的。」

「是的，警部。」

「廣山老師，」警部繼續道。「即使是頭腦很差勁的女王，對於親眼看見或親耳聽到的信息，還是能夠理解嗎？」

「對。不過，沒什麼她應該知道的事，畢竟所有案件都已發生。」

「是這樣啊。話說回來，妳知道他是誰嗎？」谷丸警部指著西中島問。

「我知道，他是刑警之類的人吧。」

「沒錯，就是那一類的人。」谷丸警部點點頭。「不過，想必妳不知道他在不可思議王國是什麼人吧？」

「假海龜之類的？」

「他是公爵夫人。」

「咦？」

亞理看見廣山副教授的眼珠差點迸出。

「那我自稱是公爵夫人的謊言……」

「我們當場識破。在栗栖川小姐告訴我們的那一刻，妳就成爲頭號嫌犯。」

「原來你們只是假裝受騙。」廣山副教授十分懊惱。

「比起那件事，妳曉得公爵夫人和女王非常親近嗎？」

「可是，女王不一定會相信公爵夫人的話。她們是競爭對手，女王可能會懷疑是陷阱，心生警戒。」

「妳的推測有根據嗎？」

「就算沒根據，我也知道。」

「妳很有自信嘛。」

「喂，某某先生。」廣山副教授呼喚西中島。「你知道吧？女王既愚蠢，疑心病又重。」

「唔……是這樣嗎？」西中島納悶地歪著腦袋。

「你有自信說服女王嗎？」

「說服她什麼？」

「說服她，我——瑪麗安，就是連環命案的眞凶。」

「哦，這件事嗎？」西中島點點頭。「如果是這件事，我根本沒打算說服她。」

廣山副教授浮現勝利的笑容。「如何？他似乎早就死心。」

「對什麼事死心？」谷丸警部問。

「當然是說服女王啊。這算什麼？你們簡直像不可思議王國的人，不斷問無意義的鬼打牆問題，把我當傻瓜嗎！」

「不，我純粹是覺得疑惑才問妳。然後呢，爲何他需要說服女王？」

「我也很納悶。」西中島附和。

「哎呀，你們是要放我一馬嗎？」

「怎麼可能，我們不會放妳這種窮凶惡極的罪犯逍遙在外。」谷丸警部反駁。

「不說服女王，你們如何將我定罪？」

「我們不需要說服女王。因爲女王知道妳是眞正的凶手。」

「爲什麼女王會知道？」

「她聽見妳的自白。」

「我何時自白？」

「就在剛才。還有，妳現在不也在自白？」

「可是，女王又不在這裡。」

「不，她在啊。」谷丸警部微笑。「我就是女王。」

23

「那我該怎麼判？」法官問。

「砍掉她的腦袋。」女王回覆。

「宣布判決，砍掉凶犯的腦袋。」

「判決不當！」瑪麗安抗議，「我是被冤枉的。」

「但是有證人，包括我、公爵夫人和睡鼠。」

「那是在做夢。」

「不僅僅是做夢，那是在地球上發生的事。」

「在地球上發生的事，全是紅國王的夢！因爲在夢裡做的事遭到處刑，未免太奇怪。」

「妳在夢中只有招供。妳的罪行都是在不可思議王國犯下的，理當在不可思議王國受罰。」

「我想起來了，我是受人威脅才做出假的供述。」

「受誰威脅？」

「睡鼠。」

「她怎麼威脅妳？」

「呃……對了，睡鼠威脅我，如果不遵從她的指示，就誣賴我是凶手。」

「這不合理。要誣賴妳是凶手，不用逼妳自白，只需捏造一些證據。如此一來，妳也不必那麼麻煩，還要主動招供。」

「不對，剛剛是誤會……啊，她威脅我，要告訴大家我一直在濫用職權。」

「原來對於利用職權欺負人，妳有自覺啊。」睡鼠說著夢話。

「比起被判死刑，讓她揭發不是比較好嗎？」

「不對，我一時口誤……噢，她威脅要殺我。如果我不乖乖聽話，她會殺了我。」

「那種情況下，她要怎麼殺妳？況且，在地球被殺不會眞的死去，這一點妳不是最清楚？」

「不，不對，就是……」

「快砍掉這個人的腦袋！」女王十分不耐煩。

法庭內全員拍手。

兩名撲克牌士兵分別抓住瑪麗安的左右臂，硬拖她走。

「救我！我是無辜的！我是被冤枉的！」

女王掏了掏耳朵。

旁觀群眾爭先恐後地跟著不斷嚷嚷的瑪麗安離開法庭。

瑪麗安激烈掙扎，撲克牌士兵有些束手無策。

不久，他們終於將瑪麗安帶到中庭。不知是否已死心，瑪麗安頹然癱坐在路邊。

「然後呢？」一名撲克牌士兵——紅心二問。「要在哪裡砍她的頭？」

「不如就在這裡？」黑桃三應道。「如果在城堡裡砍頭，血會噴得到處都是。」

「那就在這裡行刑吧。」兩人放開瑪麗安。

瑪麗安宛如脫兔，拔腿就跑。

「等一下、等一下。」兩人臉色大變，連忙追上。

但瑪麗安的速度出乎意料地快。她全速衝向敞開的大門，就在要踩出去的那一刻，一個男人擋住她的去路。

「瘋帽匠！」瑪麗安沒放慢速度，直接越過瘋帽匠身旁。

瘋帽匠手往旁邊一伸，一把抓住瑪麗安的脖子。

「嗚嘔！」瑪麗安摔了一跤。

「喂，你們這些撲克牌。」瘋帽匠斥責。「快綁好這傢伙。」

「你明明一直在冤枉愛麗絲。」瑪麗安按著脖子，「在地球上，虧我還借錢給你們這些國中生。」

「那是妳主動表示要給，我們才收下。我們根本沒想到賄賂這件事，甚至不曉得妳就是凶手。我怎麼可能發現妳和愛麗絲的體味一模一樣？」

「俺早就注意到。」三月兔出聲。

「那你怎麼沒說？」

「你沒問俺啊。」

「我該怎麼問你？」

「你可以說『喂，三月兔，該不會愛麗絲和瑪麗安的體味一模一樣吧』，這麼一來，俺就會回答『嗯，對啊。光聞味道，根本區分不出她們』。」

「我哪可能想到這種問題？」

「你可以問俺啊。『喂，三月兔，我應該怎麼問，你才會回答：嗯，對啊。光聞味道，根本區分不出她們？』」

「我哪可能想到這種問題？」

「你可以問俺啊。『喂，三月兔……』」

此時，兩名撲克牌士兵總算綁好瑪麗安。

由於瑪麗安不肯乖乖配合，繩子許多地方都糾纏在一塊，在她身上繞好幾圈，手腳關節扭曲成奇怪的形狀。可能是血管被勒住，阻礙血流，瑪麗安身上紅一塊紫一塊。

「好痛、好痛。」瑪麗安哀號。

「她在喊痛，鬆開一點吧。」

「繩子纏在一起，處處打結，不容易拆開。」

「幫我用刀子切斷。」瑪麗安懇求。

「切斷妳的手腳？」

「怎麼可能是手腳，我是指繩子。」

「原來如此。」紅心二點頭，拔出佩刀。

圍觀群眾發出噓聲。

「喂，你也用點腦袋。」黑桃三吐槽。「你割斷繩子，待會要綁她很費事。」

「爲什麼要綁她？」

「她得到自由又會逃跑，然後被別人壓制住，我們便得再綁她一次。」

「的確很費事，我先去找一條繩子吧。」

「等一下！」女王突然出現。「沒必要那麼做，直接砍掉她的腦袋！等她的腦袋落地，就不用擔心她會逃跑。」

「原來如此，眞是好主意。」黑桃三贊成。「喂，紅心二，換你來。」

「幹嘛？」

「砍掉她的腦袋。」

「才不要，我沒幹過這種事。」

「我也沒幹過啊。」

「在場有誰砍過別人的腦袋，站上前來。」女王發問。

沒人移動腳步。

「這是怎麼回事？」女王叫道。「在今天以前，我命令你們砍過好幾個人的頭，爲何沒半個人站出來？」

「您雖然下令，但沒人肯去砍頭。」紅心二回答。

「你的意思是，你們無視我的命令？不可原諒，立刻砍下那些抗命的人的腦袋！」

「事到如今，眞的要查誰抗命，實在查不完啊。」

「至少先砍掉瑪麗安的腦袋，我就饒過你們。」

「應該怎麼砍？」

「用刀子砍，很簡單。」

「那我試試。」黑桃三高高舉起刀子。

「住手，不要殺我。」瑪麗安哀聲求饒。

「她這麼說，怎麼辦？」黑桃三回頭。

「不必理會，快砍掉她的頭。」

「遵命。」黑桃三對準瑪麗安的脖子，揮下刀。

低沉的撞擊聲傳來。

一瞬間，大家以爲什麼事都沒發生，下一秒瑪麗安的後頸便滲出鮮血。

「痛、好痛！我要死了！我要死了！」

「她還活著。」黑桃三報告。

「她的頭還在，你不行。」女王指責。

「那我來試試。」紅心二也拔出佩刀。「喝！」

比剛才更沉悶的磕碰聲響起。

霎時鮮血四濺。

「哇，噴了我一身血。」

「嗚啊啊啊啊啊。」瑪麗安開始哭泣。

「情況如何？」女王問。

「傷口似乎比剛剛深，可是腦袋還在。脖子的骨頭相當硬實。」

「我瞧瞧。」女王檢視傷口。「血一直流出來，我看不清楚。」

「要叫醫生來止血嗎？」

「人蠢也要有個限度，你聽過砍頭砍到一半找醫生止血的嗎？」

「我們輪流。」黑桃三再次高高舉起刀。「喝！」

刀刃砍到其他部位。

又是一聲悶響，傷口增加。

「你們到底在幹嘛？不砍同一位置，會很花時間。」

「既然您這麼說，不如親自試試？」

「咦，我來嗎？」

「您不願意？」

「倒不是，我一直很想試試砍掉別人的腦袋。」

「請用。」紅心二遞上刀子。

「哎呀，挺重的。」女王搖搖晃晃舉起刀，對準瑪麗安的脖子揮落。

「啊！」瑪麗安慘叫。

「砍掉了嗎？」女王問。

「還沒。而且，她還活著。」

「她就是不死。」女王再度舉起刀，揮下去。

「啊！」瑪麗安慘叫。

女王又舉起刀，揮下去。

「啊！」瑪麗安慘叫。

女王又舉起刀，揮下去。

「啊！」瑪麗安慘叫。

女王又舉起刀，揮下去。

「啊！」瑪麗安慘叫。

女王又舉起刀，揮下去。

「啊！」瑪麗安慘叫。

「這把刀是不良品嗎？簡直沒完沒了嘛。」

「這把刀原本很利，不過現在已砍出缺口。」

「有沒有更鋒利的刀？」

「唉，像這樣子砍，立刻又會毀損，可能得用鍘刀。」

「拿鍘刀來。」女王命令撲克牌士兵。

士兵面面相覷，沒人行動。

「我們好像沒有鍘刀。」

「馬上打造一座！」女王不太開心。

「再怎麼快，都得耗費好幾天。況且，我們連鍘刀長什麼樣都不知道。」

看著遭五花大綁、全身是血倒在地上的瑪麗安，女王擔心地問：

「來得及嗎？」

「什麼？」

「這個人能活到鍘刀鑄成嗎？」

「她流太多血，恐怕撐不了那麼久。」

「傷腦筋。」

「沒什麼不妥吧？反正她是被判死刑。」

「可是，這樣就不算砍掉她的腦袋。」

「只要砍掉屍體的頭就行。」

「感覺不太對。趁犯人活著，一刀砍掉她的腦袋，才是精髓所在。」

「我們還是用刀砍吧。」

「但是，刀刃傷痕累累。」

「那麼，蒐集所有人的刀，一壞就換新的如何？」

「好主意。士兵們，拔出佩刀，在這裡排成一列。」
女王拾起刀子，開始砍瑪麗安的腦袋。每砍兩、三下，她就會確認刀刃的狀態，發現刀刃出現缺口，便換一把。
換到第十把刀，就算是精力旺盛的女王也氣喘吁吁。
「誰來代替我一下。我累了，裙子也被噴得都是血。」
士兵輪流揮刀。
「情況怎樣？瑪麗安愈來愈安靜。」
紅心二湊近觀察瑪麗安。「她似乎覺得很疼，咬緊牙關，嘴巴和鼻子都滲出血。」
「她快死了嗎？」
「不知道。不過，她的脖子見骨，應該不會拖太久。」
「拖拖拉拉的，真不像在執行死刑。」
「確實不像，但也沒辦法。」
「不好意思。」黑桃三戰戰兢兢舉起手。
「什麼事？」女王瞪他一眼。
「有句諺語『推不動就用拉的』，不如試試這個方法？」
「這句諺語是用在這種情況上嗎？」
「比起用切的或用砍的，聽說把刀子抵在想截斷的物體上，用拉動的方式鋸開會較容易。」
「也對，確實有理。」女王將刀刃抵在瑪麗安的脖子上，試著拉動。

傳來吱吱嗄嗄的聲響，有東西從傷口落下。

「唔，好像是輕鬆一點。」女王來回拉動刀子幾次。「手感不錯。再麻煩你們輪流行刑。」

士兵輪流使勁鋸切瑪麗安的後頸。

「刀刃漸漸埋入骨頭。」黑桃三向女王報告。「還有，瑪麗安開始痙攣。」

「搞不好腦袋還沒落地，她就死了。不能加快速度嗎？不然用那個吧？如果要用鋸切的，別浪費刀，直接上鋸子吧。」女王提議。

「用鋸子執行死刑？感覺不像在砍頭。」

「反正沒其他選擇。誰拿鋸子過來！」

「……」瑪麗安呢喃。

「妳說什麼？」女王問。

「住手……」

「不行。這是死刑，不能隨便停下。」

「住手啊……我怕痛。」

「是嗎？那我們盡量讓妳不痛一點。」

「陛下，鋸子拿來了。」

「怎麼會生鏽？外表破破爛爛，沒問題嗎？」

「我也不知道，不過骨頭比木頭軟，應該有辦法。」

「是嗎？你試試。」

黑桃三踏住瑪麗安的頭，把鋸子抵在她的脖子上，用力拉動。

瑪麗安的頭劇烈抖動，從她口中發出不似人類的哀號。她拚命揮動手腳，差點震開黑桃三。

「以爲她快死了，居然這麼有精神。」

「這樣太危險，很難繼續鋸。」

「那就三個人一起上吧。一個人按住頭，另一個人按住身體，第三個人用鋸子。」

接下來的作業一團混亂。最後，不只軀幹，連她的手腳也得按住，一共派出七個人。每個人都弄得渾身是血。

「死刑的場面挺慘烈的。看來，以後不能隨便說要砍別人腦袋。」女王反省。

「嗚哇嗚哇！」瑪麗安翻著白眼慘叫。

「喂，很痛嗎？」女王湊近問。

「啊啊啊啊啊。」瑪麗安開口的瞬間，噴出大量鮮血。

「哎呀，眞沒教養。」

「乾脆執行到這裡吧？反正她都要死了。」

「不行。到這種地步，拚一口氣也要完成。無論如何，都要在她斷氣前切斷頭。你們去找鋒利一點的鋸子。」

「何不換個角度思考？」

「什麼意思？」

「問題主要是出在骨頭的硬度。除了骨頭，其他就是皮膚、肌肉、血管、食道、氣管，都不是太硬。」

「就是啊，只怪骨頭太硬。」

「乾脆先敲碎骨頭，這麼一來，就能毫不費力地鋸斷。」

「要怎麼敲碎？」

「用鑿子和木槌迅速解決吧。」

「這主意不錯。」女王注意到瑪麗安在拉她的裙角。「哎呀，她似乎有話想說。」

「夠了……快殺了我……」

「噢，我一直是這麼打算的。妳沒發現嗎？再等一下。」

「陛下，我拿來鑿子和木槌。」

「動作快一點。」

「脖子上都是血糊，不曉得該敲哪裡？」

「這種事我怎麼知道，大概就那邊吧？」

「哦，這邊嗎？」

瑪麗安像隻軟體動物，蠕動著想爬開逃走。

黑桃三用鑿子抵住她的脖子，拿木槌敲打。

每敲一下，瑪麗安的身體就猛然彈跳一下。

中庭變成一片血海，士兵、女王、圍觀群眾個個浴血，漸漸區分不出誰是誰。

死刑仍持續進行中。

24

之前和廣山副教授湊在一起的兩名國中生，看著亞理竊竊私語。

「那是瘋帽匠和三月兔。」谷丸警部說。「在這邊的世界，廣山老師抓到他們許多小辮子。」

「原來當時他們不是在恐嚇廣山老師。」

「她給他們零用錢，想收買他們。」

「對了，廣山老師後來呢？」

「廣山老師被電車撞了。」西中島回答。

「是意外，還是自殺？」

「不清楚，反正結果不都一樣？」

「是當場死亡嗎？」

「不，恰恰壓住動脈，雖然身體支離破碎，她卻遲遲沒斷氣。」

「她掙扎很久才斷氣嗎？」

「不，她還活著，偶爾會恢復意識。」谷丸警部解釋。

「好奇怪。如果在不可思議王國的本尊死亡，阿梵達不也會死去？」

「不，本尊似乎還沒死。」

「不是早就執行死刑？」

「死刑已執行，但還沒結束。」

「到底得花多少時間？」

「畢竟是第一次。噯，我想再幾個小時就夠了。」

「這算是殘虐的極刑吧？」

「不是故意的。而且，地球的法律體系在不可思議王國並不通用。」

對，不可思議王國不是一個正經的世界。然而，看似正經的地球是夢，不可思議王國卻是現實，沒有任何道理。這就是眞實，沒有辦法。

亞理一陣暈眩。

簡直像世界在搖晃。

「不，是眞的在搖晃。」柴郡貓在她耳邊說。

「柴郡貓！爲什麼你會在這裡？」

「妳不也在這裡嗎？」

「可是，我不是以睡鼠的姿態出現，而是以栗栖川亞理的身分存在於地球。」

「我是以柴郡貓的身分存在於地球。」

「怎麼可能……」

「怎麼不可能？」

「這很不合理啊。」

「沒錯。因爲瑪麗安太亂來，這個夢到處都是破綻，無法自圓其說。」

「什麼意思？」

「說起來，夢境原本就不合理。可是，特別完美的夢境情節大致合理，如同現實，可以長久存續。這次也是接近完美的夢，不過已到極限。各種小矛盾逐漸累積到無法忽視的程度，這個夢即將崩壞，紅國王就要甦醒。」

愛麗絲環顧世界。

太陽出現缺口，惡魔從天而降，天使爬出地面。

妖怪們抓住噴火的怪獸，魚和鯨魚在天上飛。地球和火星、木星、土星、鯨魚座連接在一起，一些無以名狀的生物到來。

一切都要結束了啊。

「妳在哭什麼？」柴郡貓問。

「因爲世界就要終結。我最喜歡這個世界了。」

「世界不會終結，不過是一個夢結束。」

「對我們而言，這個夢就是世界。」

「但同樣也只是個夢，夢就是夢。」

「以前發生過這種情況嗎？」

「經常發生，只是妳忘記而已。」

「我再也見不到大家嗎？」

「妳隨時都能在不可思議王國見到他們。」

「可是，地球會消失。」

「沒事的。紅國王醒來後會再次睡著，睡著後又會醒來。他很快會夢見下一個地球。」

「祈求下一個地球，是一個美好的地球。」

早安，愛麗絲。

（全文完）

E FICTION 18／謀殺愛麗絲

原著書名／アリス殺し
作　　者／小林泰三
原出版者／東京創元社
翻　　譯／張富玲
責任編輯／陳盈竹
編輯總監／劉麗真
總 經 理／陳逸瑛
榮譽社長／詹宏志
發 行 人／涂玉雲
出 版 社／獨步文化
城邦文化事業股份有限公司
104台北市中山區民生東路二段141號5樓
電話：(02) 2500-7696　傳真：(02) 2500-1967
發　　行／英屬蓋曼群島商家庭傳媒股份有限公司
城邦分公司
104 台北市中山區民生東路二段141號2樓
網址／www.cite.com.tw
讀者服務專線／(02) 2500-7718；2500-7719
服務時間／週一至週五：09：30～12：00　13：30～17：00
24小時傳真服務／(02) 2500-1900；2500-1991
讀者服務信箱E-mail／service@readingclub.com.tw
劃撥帳號／19863813
戶名／書虫股份有限公司
香港發行所／城邦（香港）出版集團有限公司
香港灣仔駱克道193號東超商業中心1樓
電話／(852) 2508-6231　傳真／(852) 2578-9337
E-mail／hkcite@biznetvigator.com
馬新發行所／城邦（馬新）出版集團
Cite (M) Sdn Bhd
41, Jalan Radin Anum, Bandar Baru Sri Petaling,
57000 Kuala Lumpur, Malaysia.
Tel: (603) 90578822
Fax:(603) 90576622
email:cite@cite.com.my
封面插圖／丹地陽子
封面設計／高偉哲
排　　版／游淑萍
印　　刷／中原造像股份有限公司
●2016年 5 月初版
●2024年 1 月10日初版八刷
售價350元

 ISBN 978-986-5651-57-2

國家圖書館出版品預行編目資料

謀殺愛麗絲 / 小林泰三著；張富玲譯. –初版. – 台北市：獨步文化，城邦文化出版：家庭傳媒城邦分公司發行，民105.05
面；公分. --（E fiction；18）
譯自：アリス殺し
ISBN 978-986-5651-57-2（平裝）

861.57　　105004939

獨步文化
APEX PRESS

廣　告　回　函
北區郵政管理登記證
台北廣字第000791號
郵資已付，免貼郵票

104台北市民生東路二段 141 號 2 樓

英屬蓋曼群島商家庭傳媒股份有限公司

城邦分公司

請沿虛線對摺，謝謝！

獨步文化
APEX PRESS

書號：1UR018　　**書名**：謀殺愛麗絲　　**編碼**：

請於此處用膠水黏貼

獨步文化 APEX PRESS

讀者回函卡

謝謝您購買我們出版的書籍！

請費心填寫此回函卡，我們將不定期寄上城邦集團最新的出版訊息。

姓名：＿＿＿＿＿＿＿＿＿＿ 性別：□男 □女

生日：西元＿＿＿＿年＿＿＿＿月＿＿＿＿日

地址：＿＿＿＿＿＿＿＿＿＿

聯絡電話：＿＿＿＿＿＿＿＿ 傳真：＿＿＿＿＿＿＿＿

E-mail：＿＿＿＿＿＿＿＿＿＿

學歷：□1.小學 □2.國中 □3.高中 □4.大專 □5.研究所以上

職業：□1.學生 □2.軍公教 □3.服務 □4.金融 □5.製造 □6.資訊

□7.傳播 □8.自由業 □9.農漁牧 □10.家管 □11.退休

□12.其他＿＿＿＿＿＿＿＿

您從何種方式得知本書消息？

□1.書店 □2.網路 □3.報紙 □4.雜誌 □5.廣播 □6.電視

□7.親友推薦 □8.其他＿＿＿＿＿＿＿＿

您通常以何種方式購書？

□1.書店 □2.網路 □3.傳真訂購 □4.郵局劃撥 □5.其他

您喜歡閱讀哪些類別的書籍？

□1.財經商業 □2.自然科學 □3.歷史 □4.法律 □5.文學

□6.休閒旅遊 □7.小說 □8.人物傳記 □9.生活、勵志 □10.其他

對我們的建議：＿＿＿＿＿＿＿＿＿＿

＿＿＿＿＿＿＿＿＿＿

＿＿＿＿＿＿＿＿＿＿

為提供訂購、行銷、客戶管理或其他合於營業登記項目或章程所定業務需要之目的，家庭傳媒集團（即英屬蓋曼群島商家庭傳媒股份有限公司城邦分公司、城邦文化事業股份有限公司、書虫股份有限公司、墨刻出版股份有限公司、城邦原創股份有限公司），於本集團之營運期間及地區內，將以mail、傳真、電話、簡訊、郵寄或其他公告方式利用您提供之資料（資料類別：C001、C002、C003、C011等）。利用對象除本集團外，亦可能包括相關服務的協力機構。如您有依個資法第三條或其他需服務之處，得洽詢本公司服務信箱cite_apexpress@cite.com.tw請求協助。相關資料不提供亦不影響您的權益。

□我已詳讀權利義務之相關條款，並同意遵守。

請於此處用膠水黏貼